KB114607

야차전기 夜叉傳記

야차전기 2

임영기 新무협 판타지 소설

초판 1쇄 찍은 날 § 2015년 2월 24일
초판 1쇄 펴낸 날 § 2015년 3월 3일

지은이 § 임영기
펴낸이 § 서경석

편집부장 § 권태완
편집책임 § 박가연

펴낸곳 § 도서출판 청어람
등록번호 § 제387-1999-000006호
등록일자 § 1999. 5. 31
어람번호 § 제2-2573호

주소 § 경기도 부천시 원미구 부일로 483번길 40 서경B/D 3F (우) 420-822
전화 § 032-656-4452 팩스 § 032-656-4453
http://www.chungeoram.com
E-mail § chungeorambook@daum.net

ISBN 979-11-04-90132-4 04810
ISBN 979-11-04-90130-0 (세트)

야차전기

2

금강야차명왕(金剛夜叉明王)

임영기 新무협 판타지 소설

FANTASTIC ORIENTAL HEROES

도서출판 청어람

목 차

제11장

———

배후 인물

　새벽 인시(寅時:4시) 무렵의 자봉각은 거의 파장 분위기라서 더 이상 손님을 받지 않았다.

　손님을 받는다고 해도 화용군은 손님을 가장해서 자봉각에 들어가고 싶은 마음은 추호도 없다.

　그는 누나 화수혜가 남경 선아루에 은자 삼백 냥을 선불로 받고 자신의 몸을 판 것 때문에 기루에 대한 인식이 매우 좋지 않다.

　만약 기루 따위가 없었더라면 누나하고 생이별을 하는 일 같은 것은 없었을 것이라는 단순하면서도 무지한 원망을 품고 있다.

그러나 만약 기루가 없었다면 누나가 돈을 구하지 못했을 테고, 그러면 오늘날 무당파의 태극혜검을 완벽하게 터득한 일류검객 화용군은 존재하지 않았을 것이다.

자봉각의 입구는 굳게 닫혀 있어서 화용군은 자봉각에서 일하는 사람들이 통행하는 옆문을 통해서 일단 넓은 마당으로 들어섰다.

주위를 둘러보고 아무도 없는 것을 확인하고는 옆문 근처 나뭇가지에 방갓을 벗어서 걸어놓고 자봉각 본채 건물의 문을 열고 들어섰다.

밖에서 보는 것보다 훨씬 더 넓은 일 층에는 사람이 거의 보이지 않았으며, 이따금 숙수나 하녀로 보이는 여자가 지나가는데 화용군에게는 눈길조차 주지 않았다.

그를 과연 무엇으로 생각하는지 모르겠지만 그로서는 다행한 일이다.

그렇지만 거기에서 막혔다. 남천문 총전주이며 소문주인 자가 어디에 있는지 짐작조차 하지 못하기 때문이다.

그래서 가장 단순하면서도 무식한 방법으로 그의 소재를 알아내기로 했다.

"남천문 소문주는 어디에 있소?"

지나가는 하녀에게 태연하게 묻는 것이다.

치마를 허벅지까지 둥둥 걷어 올리고 소매가 없는 짧은 상의를 걸친 살집 좋은 하녀는 술병이 잔뜩 담긴 큼직한 바구니를 두 팔로 안고 계단 쪽으로 바삐 가다가 짜증스러운 표정으로 쳐다보지도 않고 톡 쏘아붙였다.

"당신은 상전이 계신 곳도 몰라서 내게 묻는 건가요?"

그녀가 입은 소매가 없고 배꼽까지 다 드러난 상의는 그녀의 터질 듯한 상체를 절반도 가리지 못했다.

그런 상태에서 두 팔로 바구니를 끌어안으니 젖가슴이 터질 듯했다.

땀을 뻘뻘 흘리고 있는 하녀는 무사 차림인 화용군을 힐끗 보고는 소문주가 거느리고 온 수하쯤으로 착각을 한 것 같았다.

"아⋯⋯."

그렇지만 하녀는 화용군의 너무도 아름다운 용모를 보고는 순간적으로 정신을 잃은 것처럼 멍해졌다. 그 바람에 두 팔에 힘이 빠지면서 안고 있던 바구니를 놓쳤다.

탁!

화용군은 재빨리 한 손을 뻗어 바구니를 잡았다.

"고⋯ 마워요."

하녀는 부끄러워하면서 살짝 눈웃음을 쳤다. 그녀의 태도가 방금 전하고는 천양지차로 달라졌다.

그녀 생전에 최초이자 마지막으로 보게 되는 절세의 미남자 면전에서 방금 전처럼 쌀쌀맞게 구는 것은 벼락을 맞을 일이다.

화용군은 내심 씁쓸했으나 그로 인해서 어쩌면 일이 잘 풀릴 수도 있을 것 같아서 어쩔 수 없이 원하지 않는 미남계(美男計)를 쓰기로 했다.

제남에서도 그가 이따금 성내에 들어가는 일이 생기면 거리가 온통 아수라장이 됐었다.

물론 그의 절세적인 용모 때문이다. 절색미인을 경국지색(傾國之色)이라고 한다지만 정작 그의 용모야말로 경국지색이라고 해야 마땅하다.

"내가 들어주겠소."

"어머… 세상에… 고마우셔라…….."

화용군의 친절에 하녀는 뼈가 없는 듯 흐느적거렸다.

"소문주는 자봉(紫鳳)과 같이 있을 거예요."

자신의 목적지인 삼 층에 이르렀을 때 하녀가 계단 위쪽을 가리키면서 한껏 요염하게 몸을 비틀며 코 먹은 소리로 말했다.

"자봉이 누구요?"

"당신 소문주를 모시는 호위무사이면서 설마 항주일미(杭

州―美)이며 자봉각의 각주이신 자봉을 모른다는 말인가요?"

"그냥 해본 소리요."

화용군은 얼른 둘러댔다.

"오늘 밤에는 자봉이 어디에 있소?"

"홍! 자봉은 자신의 거처인 오 층을 떠나지 않아요. 바보 양반 같으니라고."

척―

"술은 이 방 안에 들여놔 주세요."

그녀는 삼 층 계단 옆의 창고로 사용하는 듯한 어느 방문을 열었다.

화용군이 방에 들어가지 않고 밖에서 팔을 뻗어 술 바구니를 실내에 놓으려고 하는데 뒤에서 하녀가 그의 몸을 안으로 확 떠밀었다.

불을 켜지 않아 어두컴컴한 실내에서 하녀는 멀뚱하게 서 있는 그에게 온몸을 밀착시키면서 턱 밑에서 뜨거운 숨을 토했다.

"여긴 아무도 없어요……."

"무슨 뜻이오?"

얼굴이 갸름하며 눈매가 검고 깊은 하녀는 땀범벅인 풍만한 젖가슴을 그의 몸에 문지르면서 느닷없이 손을 괴춤으로 쑥 집어넣어 음경을 덥석 붙잡았다.

"얼른 한 번 하고 가요."

"뭐… 뭘… 한단 말이오?"

이런 방면에는 전혀 숙맥인 그는 버쩍 얼어서 하녀의 손을 뿌리치는 것도 잊고 어쩔 줄을 몰라 당황했다.

하녀는 황급히 치마를 걷어 올려 속곳을 내리더니 뒤돌아서 그에게 허연 궁둥이를 내보이며 허리를 잔뜩 굽혔다.

"어서 해줘요… 못 참겠어요……."

"이런……."

화용군은 그제야 발정 난 하녀의 요망한 속셈을 알아차리고 발길로 그녀의 허연 궁둥이를 걷어찼다.

퍽!

"악!"

하녀는 얼굴을 바닥에 처박으며 그대로 혼절했다. 화용군은 궁둥이를 까발린 채 엎어져 있는 하녀를 내버려 두고 방에서 나왔다.

화용군은 오 층 계단 근처에서부터 방을 하나씩 차근차근 뒤지면서 나아갔다.

어떤 방은 비어 있고, 어떤 방에는 숙수와 하녀들이 자고 있었으며, 또 어떤 방에는 호위무사로 보이는 무사 대여섯 명이 자고 있었다.

신시가 넘은 시각이므로 호위무사라고 해도 긴장이 풀어진 것 같았다.

또한 그들이 자고 있는 것을 보면 평소 소문주를 해치려는 자가 없었다는 뜻도 된다.

그리고 서호가 한눈에 내려다보이는 북쪽으로 난 어느 방에 이르렀을 때 그는 소문주를 찾은 것 같았다.

그는 태어나서 그렇게 큰 침실과 침상은 처음 보았다. 실내의 좌우 폭이 십여 장은 되는 것 같았으며, 실내 한가운데에 휘장이 없는 커다란 침상이 떡하니 놓여 있었다.

그리고 그 침상에 나체의 일남일녀가 치부를 다 드러낸 모습으로 자고 있다.

화용군은 천장을 향해 똑바로 누워서 나직하게 코를 골면서 자고 있는 삼십사오 세 가량의 사내가 소문주일 것이라고 생각했다.

옆으로 누워서 그의 팔베개를 하고 가슴에 손을 얹은 채 자고 있는 나녀(裸女)는 눈이 번쩍 뜨일 만큼 아름다운 몸매와 용모의 미인이었으며, 아마도 그녀가 항주일미라는 자봉일 것이다.

화용군은 호흡을 멈추고 발소리를 죽이며 천천히 소문주에게 다가갔다.

그때 문득 전혀 뜻하지 않은 생각이 들었다. 그는 송내낭의 말과 우경도의 실토를 듣고 애새아비아탈취사건이 백호전주가 총지휘하여 청룡전주와 부친 등 측근들을 깡그리 옭아 넣은 것으로 알고 있었다.

그런데 열 개의 보물상자를 소문주가 갖고 있다는 것은 또 무슨 의미인가.

그렇다면 백호전주 위에 소문주가 있었다는 것이고 그가 최종 배후라는 뜻이다.

화용군은 '애새아비아탈취사건'의 전말을 전부 알아낸 것이 아니었다.

그가 모르는 뭔가가 더 있는 것이 분명하다. 이제부터 그것을 소문주에게서 알아내야 한다. 그래야지만 완벽한 복수를 할 수 있을 테니까 말이다.

침상이 이 장 앞으로 다가왔을 때 화용군은 어깨의 검을 뽑으면서 걸음을 빨리했다.

스르……

그런데 검 뽑는 소리에 소문주가 번쩍 눈을 뜨면서 상체를 일으켰다.

검을 뽑는 소리는 숨소리보다 작은데 깊이 잠들었던 소문주가 깨다니 낭패다.

키이잇—

화용군은 그가 몸을 일으키는 것을 발견하고 발끝으로 바닥을 박차면서 검을 마저 뽑아 그를 향해 일직선으로 그으며 맹렬하게 쏘아갔다.

소문주는 나체로 누워 있었으며 주위에는 무기가 될 만한 것도 없다.

그러므로 그가 할 수 있는 유일한 방법은 화용군의 공격을 피하는 것뿐이다.

그러나 이 공격에 화용군은 전력을 쏟았으므로 검이 워낙 빨라서 피할 수도 없을 터이다.

그는 소문주의 왼팔을 겨냥했다. 팔 하나를 잘라서 그를 제압한 후에 심문을 할 생각이다.

키잉―

그런데 전혀 예상하지 못했던 일이 벌어졌다. 화용군의 검이 소문주의 왼쪽 팔 반 장 거리에 이르렀을 때 별안간 소문주가 오른손을 다급하게 앞으로 뻗었다.

그 모습을 보면서도 화용군은 그것이 무엇을 의미하는 것인지 알지 못했다.

그저 갑작스러운 공격에 당황한 나머지 손을 허우적거리는 것이라는 생각만 들었다.

휘잉!

소문주가 오른손 손바닥을 활짝 펼쳐서 내밀자 갑자기 거센 바람 소리가 나면서 세찬 기운이 자신을 향해 몰아치는 것을 느끼고 화용군은 흠칫했다.

'뭐야?'

그것이 무엇인지 알지 못하지만 본능적으로 불길한 예감이 엄습했다.

하지만 그는 이미 침상 위로 뛰어오르고 있으며, 검이 소문주의 왼팔에 거의 닿아 있는 상태라서 크게 염려하지는 않았다.

뻑!

"흐윽!"

그런데 거센 기운이 가슴 한복판에 적중되면서 그는 상체가 확 젖혀지며 뒤로 쏜살같이 퉁겨 날아갔다.

콰창!

그는 가슴이 뻐개지는 듯한 극심한 고통과 함께 목구멍에서 비릿한 피 냄새가 확 풍기는 것을 느끼며 창을 부수고 밖으로 튀어 나갔다.

가슴이 뻐근한 중에 급히 아래를 보니 호수다. 재빨리 검을 어깨에 꽂고 왼손으로 오른팔 소매 속의 야차도 마개를 벗기고 오른팔을 위를 향해 뻗었다.

쉐앵—

기이한 음향과 함께 오른팔에서 야차도가 쏘아 올랐다.

칵!

야차도가 그가 방금 부수고 나온 오 층 창틀 위쪽에 꽂히는 것과 동시에 천심강사를 슬쩍 낚아챘다.

슈욱—

천심강사가 멈추면서 팽팽해지는 반동을 이용하여 그는 전력으로 위로 솟구쳤다.

"어떤 놈이 암습을……."

소문주 주고후(朱高煦)는 벌거벗은 채 침상에서 바닥으로 내려서서 창으로 걸어가며 중얼거리다가 움찔 놀라며 말끝을 흐렸다.

부서진 창을 통해서 하나의 시커먼 물체가 쏘아 들어오는 것을 발견했기 때문이다.

새앵—

그리고 그자가 자신을 향해 빠른 속도로 곧장 짓쳐오면서 푸르스름한 물체를 쏘아내는 것을 발견하고 쩌렁하게 호통을 치면서 조금 전처럼 오른손 손바닥을 활짝 펼쳐서 쭉 뻗었다.

"발칙한 놈!"

위잉!

소문주 주고후의 손바닥, 즉 장심(掌心)에서 아까처럼 거센 기운이 맹렬하게 뿜어져 나갔다.

그것은 단전의 공력을 장심을 통해서 외부로 발출하는 고명한 수법으로, 장풍(掌風) 혹은 장력(掌力)이라고 하며, 현재 주고후의 능력으로는 일 장 반 거리에 있는 팔뚝 굵기의 나무를 부러뜨릴 수 있는 위력이다.

사람의 뼈는 팔뚝 굵기의 나무보다 강하지 못하기 때문에 주고후의 장풍에 정통으로 적중되면 뼈가 부러지고 장기가 파괴되며 내장이 자리를 이탈하는 중상을 입거나 심하면 즉사할 수도 있다.

주고후는 자신을 향해 쏘아 오는 푸르스름한 물체가 암습자가 던진 비수일 것이라고 짐작하곤 가소롭다는 듯 냉소를 쳤다.

그의 장풍은 비수 따윈 지푸라기처럼 간단하게 날려 버리기 때문이다.

저놈이 방금 전 장풍에 적중되어 날아간 놈인지 또 다른 놈인지는 모르지만, 어차피 이번 장풍에 뼈가 으스러져서 밤하늘로 날아가 호수에 빠져 죽고 말 것이다.

그러나 그의 그런 예상이 착각이었다는 사실을 깨닫는 데에는 그리 오랜 시간이 걸리지 않았다.

쉐앵―

기이한 음향이 들리는 것보다 더 빠르게 푸른 물체가 그의 코앞까지 쇄도했다.

암기라고 생각한 푸른 물체는 그의 강력한 장풍에도 날아가지 않고 오히려 장풍 한복판을 그대로 뚫고 들어왔다. 이건 전혀 예상하지 못했던 일이다.

팍!

"흐윽!"

푸른 물체는 활짝 펼쳐진 그의 손바닥을 뚫고 들어가 팔뚝을 지나 어깨로 반 뼘이나 튀어나왔다.

그리고 그는 그 충격에 뒤로 대여섯 걸음이나 물러났다가 바닥에 엉덩방아를 찧으며 주저앉았다.

물론 그의 손바닥을 뚫고 들어가 어깨로 삐져나온 것은 화용군이 발출한 야차도다.

그가 구주무관에서 배운 태극혜검 칠 초식 중에서 검을 뿌리는 수법과 찌르는 수법을 발췌하여 그 스스로 만든 야차도 환이라는 비도술(飛刀術)이다.

"크으으……."

주고후는 바닥에 주저앉은 채 왼손으로 오른팔을 움켜잡고 고통에 몸부림쳤다.

침상에서 나신으로 자고 있던 여인은 깨어나서 눈앞에 벌어진 굉장한 광경을 보고 공포에 질려 침상 구석에 웅크린 채몸을 떨고 있다.

츄웃!

"크윽!"

화용군은 야차도를 회수하여 오른팔 속에 갈무리했다. 야차도가 팔에서 빠져나가면서 팔뚝 속을 또다시 거세게 휘저으니까 주고후는 다시 한 차례 고통에 몸부림치며 바닥에 나뒹굴었다.

왈칵!

그때 문이 부서질 듯이 열리면서 주고후의 호위무사 다섯 명이 검을 뽑아 들고 우르르 쏟아져 들어왔다. 이 방에서 벌어진 소란을 듣고 달려온 것이다.

스릉—

화용군은 전혀 두려워하지 않고 어깨의 검을 뽑으면서 빠르게 마주쳐 나갔다.

쐐애액!

쏴아악!

기세등등한 다섯 호위무사의 다섯 자루 검이 부챗살처럼 화용군의 전신으로 찌르고 베어왔다.

화용군은 구주무관을 떠난 이후 지금까지 여러 명을 죽였으나 그것은 전부 급습에 의한 것이었다.

제대로 싸우는 것은 지금이 처음이지만 그는 추호도 두려워하지 않고 자신의 최대 장점인 빠른 눈과 빠른 검술, 빠른 발을 굳게 믿었다.

다섯 자루의 검이 그의 머리와 목, 가슴, 복부로 날카롭게 파고드는 광경은 추호도 피하거나 반격할 기회가 없는 것처럼 보이지만, 눈이 빠른 그에게는 다섯 자루 검이 마치 춤을 추듯이 느릿하게 움직이는 것 같았으며, 다섯 명의 허점이 일목요연하게 다 보였다.

더구나 그에겐 빠른 발과 빠른 검술이 있으므로 일단 그가 반격을 시작하자 적들의 동작은 지나치게 느려서 흡사 그 자리에 멈춰 있는 것 같았다.

스파앗—

그의 검이 허공을 종횡으로 휘저었다. 단 한 번 그었을 뿐인데 방향이 다섯 번이나 바뀌었으며, 그사이에 두 번 찌르고 세 번 베었다. 그것도 눈을 딱 한 번 깜빡이는 찰나지간에 벌어졌다.

"흑!"

"커억……."

"끅!"

답답한 다섯 마디 신음이 우르르 쏟아졌다.

팍!

그런데 동작을 멈추고 있던 화용군은 왼쪽 옆구리가 뜨끔한 것을 느끼고 재빨리 왼쪽을 돌아보았다.

옆구리가 급한 게 아니라 왼쪽에서 누가 공격을 했는지가 더 궁금하다.

그런데 그가 방금 쓰러뜨린 다섯 명 중에 한 명이 목이 절반쯤 잘라진 상태에서 비틀거리면서 쓰러지다가 발악하듯 휘두른 검의 끝자락이 우연치 않게 그의 옆구리를 한 치 깊이로 살짝 벤 것이다.

쿵!

그자는 화용군을 베고 나서 바닥에 쓰러졌는데, 잘라진 목에서 선지 같은 피를 쏟으며 몸을 펄떡거리더니 잠시 후에 잠잠해졌다. 그는 자신이 누군가의 옆구리를 벴다는 사실도 모른 채 죽었다.

화용군은 자신의 옆구리를 내려다보았다. 깊은 상처는 아닌 듯 약간의 피가 배어 나오고 있었다.

그렇지만 조심을 하지 않고 실수로 생긴 상처라서 기분이 조금 나빠졌다.

그것으로 그는 하나의 값진 교훈을 얻었다. 적이 죽어서 숨이 끊어진 것을 눈으로 직접 확인하기 전에는 방심하면 안 된다는 사실이다.

생각이 거기까지 미쳤을 때 그는 문득 소문주가 어떻게 하고 있는지 궁금해졌다. 소문주 역시 죽지 않았기 때문에 무슨 짓을 벌일지 모른다.

홱!

재빨리 고개를 돌려 주고후가 있던 곳을 쳐다보았으나 아뿔싸! 불길한 예감이 현실로 벌어졌다.

오른팔이 짓뭉개져서 바닥에 나가떨어졌던 주고후의 모습이 보이지 않았다. 어째서 항상 좋은 일보다는 나쁜 예감이 더 잘 적중하는 것일까.

화용군은 다급하게 실내를 한 바퀴 둘러보았으나 어디에도 주고후는 없다. 그 짧은 순간에 도망친 것 같다.

그런데 화용군은 실내를 재빨리 둘러보다가 침상 위에 웅크리고 있는 나체의 여자에게 시선이 스쳐 지날 때, 잔뜩 겁먹은 그녀의 시선이 화용군 자신의 머리 위 천장을 향해 있는 것을 발견했다.

휘익!

그 순간 그는 벼락같이 한쪽 방향으로 신형을 날려 피하면서 몸을 뒤집는 것과 동시에 오른팔의 야차도를 천장으로 쏘아냈다.

쉐앵!

소문주 주고후는 천장에 등을 댄 자세로 붙어서 멀쩡한 왼손 손바닥을 활짝 펴쳐 막 화용군의 정수리를 향해 일장을 발출하려는 찰나였다.

생사의 갈림길이다. 화용군의 정수리를 박살 내면 그가 살수 있고 반대로 실패하면 죽을 것이다.

휘잉!

주고후의 장풍이 뿜어졌고, 그와 동시에 야차도가 그의 가슴 한복판에 꽂혔다.

푹!

"흐윽!"

꽝!

장풍은 바닥에 적중되어 나무 바닥에 머리통 크기의 구멍이 움푹 꺼졌다.

"끄으으……."

야차도가 주고후의 갈비뼈를 뚫고 천장에 단단히 꽂히는 바람에 그는 천장에 붙어 있는 꼴이 되었다.

그렇지만 슬쩍 건드리기만 해도 즉시 바닥에 떨어지고 말 것이다.

슥―

화용군은 천천히 일어나면서 침상의 나녀를 쳐다보며 무심한 얼굴로 중얼거렸다.

"이 방에서 나가주겠소?"

"아아… 네… 네……."

나녀는 눈물과 콧물이 범벅된 얼굴로 고개를 끄떡이더니 벌거벗은 몸으로 침상에서 뛰어내렸다.

쿵!

"앗!"

발을 잘못 디뎌서 바닥에 처박혔지만 지독한 공포 때문에 조금도 아픔을 느끼지 못한 채 벌벌 기어서 방 밖으로 도망쳤다.

츄웃―

화용군이 야차도를 회수하자 주고후는 그대로 바닥으로 떨어졌다.

쿵!

"와!"

오른팔이 짓뭉개지고 가슴이 관통당한 그는 일 장 반 높이의 천장에서 얼굴을 아래로 한 자세로 떨어지기까지 한 탓에 엎어진 상태에서 신음을 흘리며 온몸을 바들바들 떨었다. 그 모습이 마치 돌멩이에 얻어맞은 개구리 같았다.

턱!

화용군은 그의 몸을 발로 뒤집었다.

"으으… 이놈… 내가 누군지 아느냐……."

주고후는 피투성이 얼굴을 일그러뜨리며 겁을 주었다.

화용군은 아랑곳하지 않고 발을 들어 주고후의 가슴을 약간 세게 밟으며 되물었다.

쿡!

"너는 내가 누군지 아느냐?"

"큭!"

주고후의 얼굴이 고통으로 참담하게 일그러지는 걸 굽어 보면서 화용군은 차가운 표정으로 물었다.

"네가 애새아비아탈취사건을 배후에서 조종했느냐?"

순간 주고후의 눈이 약간 커지면서 동공에 움찔 놀라는 기색이 떠올랐다.

눈이 빠른 화용군이 그것을 놓칠 리가 없다. 직감이지만, 주고후가 그 사건의 배후이든지 아니면 깊은 연관이 있다고 믿었다.

승—

화용군은 주고후의 가슴을 밟은 상태에서 어깨의 검을 뽑아 그의 왼쪽 어깨에 갖다 댔다.

"묻는 말에 대답하지 않는다면 왼팔을 자르겠다. 그다음에는 오른팔, 그다음에는 다리다. 맨 마지막에는 모가지가 되겠지."

"흐으으… 이… 이놈……."

주고후의 얼굴이 두려움과 분노로 마구 범벅되어 푸들푸들 경련을 일으키듯 떨렸다.

조금 전까지만 해도 그는 요염한 기녀와 질펀한 정사를 즐기고 나서 편안하게 잠을 자고 있었다. 자신에게 이런 일이 벌어질 것이라고는 추호도 예상하지 못했다.

"잘 생각해서 대답해라. 네가 애새아비아탈취사건을 배후에서 조종했느냐?"

"으으… 그런 건… 나는 모른다…….."

그으…….

그러자 검이 가차 없이 주고후의 왼쪽 어깨를 느릿하게 아래로 그어 내렸다.

"으아아— 그, 그렇다! 내가 시켰다!"

예리한 검날이 뼈를 자르기 시작하자 주고후는 고통을 이기지 못하고 악을 쓰며 실토했다.

세상에 죽음 앞에서 초연할 수 있는 사람은 더러 있어도 고통 앞에서는 아무도 없다. 단연코.

일각이 지난 후에 화용군은 백호전 수석단주 우경도에게서 미처 알아내지 못했던 '애새아비아탈취사건'의 전말을 주고후에게서 다 들었다.

짓뭉개진 오른팔과 관통된 가슴, 그리고 반쯤 자르다가 만 왼쪽 어깨에서 흘러나온 피가 바닥을 흥건하게 적셨고, 자신의 죄를 거의 다 고백했을 즈음 피를 너무 많이 흘린 주고후는 정신이 가물가물했다.

"사… 살려… 다오… 제… 발……."

화용군은 찌푸린 얼굴로 주고후를 굽어보았다. 사랑하는 부모님과 일가친척들을 죽음으로 내몰고, 소중한 누나를 기녀가 되도록 만든 장본인이 아버지보다 훨씬 어린 삼십 대 중반의 새파란 사내였다니 어이가 없다.

이런 놈이 그런 무서운 음모를 꾸며서 억울한 사람을 수백 명이나 죽였으니, 그냥 간단하게 죽이는 것으로는 죗값을 제대로 치른다고 할 수 없을 터이다.

화용군은 주고후를 어떻게 죽여야지만 속이 후련할 것인가를 궁리하다가 문득 탈취당했다는 열 개의 보석 상자가 생각났다.

"너, 상자들은 어떻게 했느냐?"

"흐으으… 조… 용해지면… 꺼내려고……."

그는 자신이 죽음의 문턱을 넘고 있다는 사실을 짐작하고 있는 듯 보석 상자 같은 것에 연연하지 않았다. 하지만 그의 말은 너무 흐릿해서 알아듣기 어려웠다.

화용군은 그다음 말을 재촉하지 않고 물끄러미 굽어보기만 했다.

주고후는 자신이 죽어가고 있다는 것과 살기 위해서는 그것을 말해야 한다고 본능적으로 느꼈는지 숨을 몰아쉬면서 필사적으로 더듬거렸다.

"으으… 제발… 살려다오……."

"대답부터 해라."

"그… 그것이 있는 곳은……."

그는 몇 마디 더 말하고는 조용해졌다. 살기 위해서 묻는 대로 이실직고 응구첩대(應口輒對)했는데 죽어버린 것이다. 화용군은 아직 제대로 복수를 한 기분이 아닌데 주고후는 피를 많이 흘려서 죽었다.

화용군은 풀리지 않은 헝클어진 실타래 같은 기분으로 물끄러미 주고후를 내려다보았다.

주고후는 자신이 무엇 때문에 열 개의 보석 상자가 그토록 필요했었는지에 대해서 구구절절 설명했지만 화용군의 귀에는 그저 개 같은 소리로 들릴 뿐이었다.

결국 주고후는 화용군이 누군지도, 자신이 왜 죽어야 하는지도 모른 채 죽고 말았다.

"빌어먹을……."

화용군은 늪에 빠진 듯 허망한 기분이 들었다. 주고후의 실토에 의하면 자신의 명령을 받은 백호전주가 모든 일을 다 처리했다고 한다.

그렇다면 아직 죽일 놈이 남아 있다는 얘기지만 어차피 백호전주도 하수인일 뿐이다. 배후 인물은 주고후인데 죽이려던 게 아니라 제압하려던 공격 몇 번에 과다 출혈로 죽어버린 것이다.

"언제까지 그렇게 서 있을 생각인가요?"

"헛?"

그때 뒤에서 갑자기 여자의 조용한 목소리가 들리자 화용 군은 깜짝 놀라 급히 뒤돌아서면서 반사적으로 검을 뽑아서 짓쳐가며 공격을 퍼부었다.

키이잇!

"멈춰요!"

활짝 열려 있는 문 안쪽에 언제 나타났는지 한 여자가 다소 곳이 서 있다가 화용군의 공격을 받자 급히 몸을 날려 옆으로 피하면서 외쳤다.

화용군은 뻗어나가던 검의 방향을 틀면 충분히 여자를 제압할 수 있을 것 같지만 공격을 멈추었다.

그가 보기에 여자는 무술을 아는 것 같았지만 그보다는 고강한 것 같지 않았다.

그래서 마음만 먹으면 언제든지 제압할 수 있으리라는 생각에 공격을 멈추었다.

하지만 검을 오른손에 쥔 채 일 장 반 거리에서 비틀거리면서 자세를 바로잡고 있는 여자를 주시했다. 하지만 아무 말도 하지 않았다.

그는 원래 필요한 말에 외에는 하지 않는 과묵한 편이다. 지금 상황에서는 그가 말을 하지 않아도 여자가 먼저 입을 열 것 같았다.

그리고 그의 예상은 맞았다. 여자는 죽어 있는 주고후를 바라보면서 말했다.

"저대로 놔둘 건가요?"

그러나 화용군은 그녀의 말을 듣지 못했다. 바로 앞에 있는 사람이 하는 말을 알아듣지 못하다니 이런 경우는 처음 있는 일이다.

이유는 하나이며 그로서는 말도 안 되는 이유다. 여자가 너무 아름답기 때문에 그녀를 보는 순간 멍해졌다.

단지 그런 이유 때문에 그가 잠시 선 채로 정신을 잃고 상대의 말을 듣지 못한 것이다.

뜬금없이 나타난 여자는 정말 아름다웠다. 그녀를 보는 사람이 목석같은 화용군이 아니라 평범한 남자였다면 그녀를 보는 순간 혼이 쑥 빠져 버렸을 것이다.

그녀는 고급스러운 옷이 아닌 평범한 옷차림에 바닥에 끌리는 긴 치마를 입었다.

긴 머리카락을 틀어 올려서 비녀를 꽂았으며 십칠팔 세 정도의 어린 나이다.

키가 크고 늘씬한 몸매에 보통 사람이라면 남녀노소를 불문하고 한 번 시선을 주면 절대로 외면하지 못할 그런 절세적인 미모를 지니고 있었다.

그런데 잠시 넋을 잃은 사람은 화용군 혼자만이 아니다. 그녀도 뒤돌아선 그의 용모를 보고는 적잖이 놀라는 표정을 지으며 그의 얼굴에서 시선을 떼지 못했다.

그녀 생각으로는 만약 화용군에게 여장을 시키고 또한 약간의 화장을 해주면 자신보다 더 아름다운 절세미녀가 될 것 같았다.

놀란 덕분에 그녀 역시 자신이 방금 무슨 말을 했는지 망각해 버렸다. 피장파장이다.

"뭐라고 했소?"

먼저 정신을 차린 화용군은 자신이 여자의 미모에 잠시나마 넋이 나갔다는 사실에 내심 실소를 금치 못했다. 그리고 기분이 조금 나빠졌다.

그의 말에 여자도 가볍게 놀라며 정신을 차렸다. 그러고는 그녀 역시 자신의 행동에 실소를 머금었다.

제12장

———

생존자

　화용군은 이미 죽어버린 주고후의 시체 따위에는 조금도 관심이 없다.

　그는 오늘 밤 중으로 나머지 한 명 백호전주를 찾아가서 죽일 생각이다.

　날이 밝으면 우경도와 주고후의 죽음이 항주 전역에 알려질 테고, 아니, 어쩌면 우가장에서 벌어진 일은 이미 남천문에 알려졌을지도 모른다.

　그렇게 되면 백호전주를 죽이는 일이 당연히 어려워질 것이기 때문에 서둘러야만 한다.

그러므로 그는 이 여자하고 쓸데없이 입씨름이나 하고 있을 시간이 없다.

"저자의 시체를 어떻게……."

슥—

여자가 자신이 했던 말을 다시 한 번 말하고 있는데 화용군은 몸을 돌려 문 쪽으로 걸어갔다.

척!

"이것 봐요. 이대로 가면……."

여자가 급히 손을 뻗어 화용군의 옷자락을 붙잡았다.

그 순간 화용군이 전광석화처럼 빙글 돌아서며 오른손 주먹이 여자의 얼굴을 향해 날아갔다.

얼마나 빠른지 여자는 뻔히 보면서도 피하지 못하고 눈을 크게 뜨며 그대로 서 있었다.

뚝!

그러나 주먹은 여자의 얼굴 두 자 앞에서 멈추었고, 그의 손에 쥐어져 있는 야차도의 뾰족하고 푸르스름한 칼날이 그녀의 콧등 반 뼘 앞에서 멈췄다.

"아……."

여자의 안색이 하얗게 질렸으며 얼굴 전체를 차지하고 있는 듯한 커다란 눈은 화등잔처럼 더 커졌다.

화용군의 동작이 조금만 늦었더라면 야차도의 칼날은 그

녀의 콧등을 쑤시고 들어갔을 것이다.

그러나 그의 동작이 늦을 리가 없다. 그는 정확하게 그 위치에서 야차도를 멈추려고 했다. 그의 솜씨는 그의 언행처럼 자로 잰 것보다 더 정확하다.

그가 이런 행동을 한 이유는 자신의 의도를 행동으로 그녀에게 전달하기 위해서다.

그리고 그가 아무 말도 하지 않았음에도 그 뜻은 충분하고 넘치도록 그녀에게 전달되었다.

즉, 옷자락이든지 몸이든지 그에게 함부로 손을 대면 죽이겠다는 경고의 뜻이다.

슷―

야차도가 소매 속으로 자동적으로 들어가면서 그는 다시 나가려고 문으로 향했다.

그런데 그때 경장 차림의 십여 명의 무사가 단단하게 경직된 그러면서도 투지에 불타는 표정으로 빠르게 안으로 쏟아져 들어왔다.

화용군은 기분 나쁜 듯 슬쩍 미간을 찌푸렸다. 원수 이외의 무의미한 살인은 하고 싶지 않지만 앞을 막는 자라면 죽일 수밖에 없다.

"윽!"

그때 그는 갑자기 가슴이 뻐근한 것을 느끼면서 허리를 굽히며 울컥 검붉은 핏덩이를 토했다.

조금 전에 주고후를 급습하다가 장풍에 가슴을 적중당했을 때 내상을 입은 것 같았다.

그는 갑자기 핏덩이를 토하느라 허리를 굽혔고 그것 때문에 허점이 와르르 드러났다.

무사들이 쏟아져 들어오고 있는데 허점을 보였으니 그 순간 무사들에게 화용군을 공격할 의도가 있다면 바보가 아닌 이상 지금 같은 기회에 공격할 것이다.

그렇다면 지금 빠른 동작으로 들어서고 있는 십여 명의 무사가 그를 공격할 수도 있다. 거기까지 생각하니까 마음이 다급해져서 그는 재빨리 허리를 펴면서 어깨의 검을 뽑으려고 했다.

"물러가라."

그런데 여자가 손을 저으며 조용히 명령하자 이미 화용군 지척까지 접근했던 무사들이 실내로 들어올 때처럼 빠른 동작으로 나갔다.

슥—

화용군이 손등으로 입가의 피를 문지르며 여자를 쳐다보자 그녀는 담담한 표정으로 그의 앞에 다가왔다.

"여기에 있는 시체들은 내가 알아서 하겠어요."

그는 무사들이 여자의 수하라는 사실을 깨달았다. 그런데 그가 허점을 드러낸 상황인데도 공격은커녕 여자는 오히려 무사들을 물러가게 했다.

그로 인해서 그는 여자에게 품고 있던 적대감이 어느 정도 사라졌다.

하지만 그녀가 시체들을 갖고 뭘 어쩌든지 그로서는 알 바가 아니다.

"우선 당신에게 고맙다고 해야겠군요."

그런데 그녀가 뜬금없는 말을 했다.

화용군은 백호전주를 찾으러 가야 하기 때문에 마음이 급해서 건성으로 물었다.

"뭘 말이오?"

여자는 주고후를 지그시 쏘아보며 차갑게 중얼거렸다.

"저자는 저의 불공대천지수(不共戴天之讎)였어요."

"불공대천지수?"

같은 하늘 아래에서 머리 위에 하늘을 이고 살 수 없는 원수라는 말에 화용군은 조금 호기심이 생겼다.

주고후는 그의 원수다. 그런데 또한 여자의 원수라니, 그렇다면 그녀가 '애새아비아탈취사건'의 피해자일지 모른다는 생각이 들었다.

화용군은 어제 한나절 내내 항주 성내에서 '애새아비아탈취사건'에 휘말려서 멸문을 당한 가문의 생존자에 대해서 알아내려고 했었으나 헛수고였었다.

그런 식으로 수소문하고 다녀서는 백날 돌아다녀 봐야 소용이 없다는 것을 나중에야 깨달았었다.

그런데 어쩌면 이 자리에서 우연찮게 생존자를 만날 수도 있을 것 같았다.

"낭자는 누구요?"

여자는 오도카니 서서 크고 서글서글한 눈으로 화용군을 바라보았다.

"저는 자봉이라고 해요."

"자봉?"

화용군은 자봉각이나 자봉에 대해서 아는 것이 전혀 없다. 그래서 눈앞에 서 있는 여자가 자봉각의 주인일 것이라고 짐작했다.

하지만 그가 알고 싶은 것은 그게 아니다. 어째서 주고후가 그녀의 원수냐는 것이다.

그녀는 다시 주고후에게 시선을 주고는 독한 눈빛으로 입술을 잘근잘근 씹었다.

죽어 있는 주고후는 두 눈을 뜨고 입을 반쯤 벌렸으며 실오라기 하나 걸치지 않은 전라의 몸인데 그녀의 눈에는 그런 것이 보이지 않는 듯했다.

오로지 그가 원수이며 죽었다는 사실만이 그녀에겐 중요

한 것 같았다.

이윽고 그녀의 입술이 파르르 떨리면서 한 서린 목소리가 가늘게 흘러나왔다.

"저자가 꾸민 음모 때문에 부모님과 형제자매, 일가친척 구족이 몰살당했어요……."

말을 하는 도중에 그녀는 분노와 슬픔을 견딜 수 없는지 구슬 같은 눈물을 흘렸다.

화용군을 뭐라고 설명할 수 없는 그 무엇이 가슴 밑바닥에서 꿈틀거리는 것을 느꼈다.

그가 보기에 이 자봉이라는 여자는 '애새아비아탈취사건'하고 관련이 있는 게 분명했다.

그렇다면 그와 자봉은 똑같은 일로 변고를 당하고 같은 원한과 슬픔. 분노를 품고 있는 동변상련의 동지다.

슥—

자봉은 눈물을 흘리면서 화용군을 바라보았다.

"어제 어떤 사람이 항주 성내에서 애새아비아탈취사건의 생존자를 수소문한다는 정보를 입수했었는데, 그 사람이 바로 당신이었나요?"

"그렇소."

화용군은 조심한다고 하면서 수소문을 했는데 그것을 자봉이 알고 있다는 사실에 씁쓸한 기분이 들었다.

그것은 자봉이 성내에서 벌어지는 사건이나 소문에 귀를 활짝 열어두고 있다는 뜻이고, 동시에 화용군이 경솔한 짓을 했다는 뜻이기도 하다.

자봉은 몹시 긴장했다. 화용군이 주고후를 죽인 것을 보고 그가 그녀와 같은 '애새아비아탈취사건'의 피해자일 것이라고 짐작했기 때문이다.

"당신은 누구죠?"

화용군은 그녀를 똑바로 날카롭게 주시했다. 그녀가 자신을 속이고 있다는 생각은 하지 않지만 말 한마디라도 허투루 하지 않고 조심해야 하기 때문이다.

자봉은 눈물을 그치고 속이 훤하게 들여다보일 정도로 맑고 검은 눈으로 그를 마주 바라보았다.

화용군은 만약 그녀에게 거짓이 있다면 자신의 눈을 이렇게 똑바로 마주 바라보지 못할 것이라 여겼다. 그는 이미 그녀의 말을 믿기 시작했다.

"나는 애새아비아탈취사건으로 멸문을 당했던 가문의 생존자요."

화용군은 그렇게 말하면서 자봉의 얼굴에서 시선을 떼지 않았다.

그런데 그가 말을 끝내자마자 그녀는 마치 얼굴에 거센 파도가 휘몰아치듯 표정이 급변하더니 급기야 어흑! 하고 흐느끼면서 몸을 크게 휘청거렸다.

그녀의 반응을 보고 화용군은 자신의 짐작이 틀림없다는 생각에 폐부가 쥐어짜는 듯 거센 충격을 받았다.

두 사람이 똑같이 '애새아비아탈취사건'의 생존자라면 두 사람의 부친은 생전에 동료였거나 아니면 상전 혹은 수하였다는 뜻이다.

화용군은 가슴이 뻥 뚫린 듯해서 그녀가 휘청거리는데도 잡아줄 생각을 하지 못했다.

콱!

오히려 자봉이 두 손으로 그의 앞섶을 움켜잡고 격렬하게 몸을 떨며 흐느꼈다.

"흐윽… 흑……."

화용군은 어떻게 해야 할지 몰라 적잖이 당황했다. 조금 전까지만 해도 피도 눈물도 없는 야차 같았던 그는 어느새 원래의 숙맥으로 돌아왔다.

자봉은 그의 옷자락을 놓고는 무너지듯이 스르르 그 자리에 무릎을 꿇고 가녀린 어깨를 들먹였다.

"으흐흑… 누군가는 한 사람쯤 살아 있을 줄 알았어요… 그래서 꼭 만날 수 있을 거라고 믿었어요……."

화용군은 가슴을 쥐어뜯는 것 같은 심정으로 그녀를 굽어보았다.

"낭자는 누구의 딸이오?"

자봉은 아예 바닥에 얼굴을 묻고 어깨를 들먹였다.

"소녀는… 청룡전주 한형록(韓衡祿)의 여식 한련(韓蓮)이라고 해요."

"아……."

화용군은 큰 충격을 받고 휘청 뒤로 한 걸음 물러났다. 청룡전주라면 부친 화우현의 직속 상전이었다.

"그대가 청룡전주의 딸이라고?"

화용군은 아주 어렸을 때 여섯 살 어느 겨울날 청룡전주 생신에 초대를 받아 부친의 손을 잡고 갔었던 기억을 지금도 생생하게 기억하고 있다.

그날 무슨 특별한 일이 있어서 또렷이 기억을 하고 있는 게 아니라 그의 기억력이 워낙 좋기 때문이다.

십이 년 전 그날 그의 기억으로는 어른들의 연회라는 것이 잠이 올 정도로 매우 지루했었다. 한 가지를 제외하고는 말이다.

청룡전주의 세 딸 중에 곱게 차려입은 화용군 또래의 어린 막내딸이 자못 의젓하게 앉아서 시를 읊던 모습이 어제 일처럼 생생하다.

문득 그는 떨리는 목소리로 그 날 막내딸이 읊었던 시의 앞부분을 낭송했다.

"늙은 어부는 밤에 서쪽 바위에 자고(漁翁夜傍西巖宿), 새벽에 맑은 상수의 물 길어서 대나무로 불을 지핀다(曉汲淸湘燃楚燭)."

엎드려 있는 자봉은 머리 위에서 낙수처럼 후드드 떨어지는 까마득한 옛 추억의 차가운 편린(片鱗)이 목덜미에 닿자 깜짝 놀라서 울기를 멈추고 고개를 들었다가 무릎을 꿇은 채 화용군을 바라보면서 또다시 펑펑 울며 그 시의 다음 구절을 읊었다.

"안개 사라지고 해가 떠오르는데 사람은 보이지 않고(煙銷日出不見人), 배 젓는 소리 산과 물은 푸르기만 하다(欸乃一聲山水綠)."

화용군은 따스한 미소를 머금고 부드러운 눈빛으로 자봉, 아니, 한련을 바라보면서, 그리고 한련은 폭포처럼 눈물을 쏟으면서 흐득흐득 흐느끼며 두 사람이 입을 모아 다음 구절을 합창했다.

"머리 돌려 하늘 끝 바라보며 강 중간을 내려가니(回看天際下中流), 바위 위엔 무심한 구름만 서로 쫓아가네(巖上無心雲相逐)."

그 옛날 다섯 살짜리 여자아이는 제 딴에 부친의 생신을 축하한다고 유종원(柳宗元:773~819)의 어옹(漁翁)이라는 시를 빨간 입술을 제비새끼 주둥이처럼 나불거리면서 읊어서 만장(滿

場)의 갈채를 받았었다.

그것을 화용군이 십이 년이 지난 지금까지도 또렷하게 기억을 하고 있으며 그 시를 암송한 것이다.

그는 이제 그녀가 청룡전주의 셋째 딸 한련이라는 사실을 굳게 믿었다.

"당신은… 설마……."

한련은 펑펑 하염없이 눈물을 흘리며 화용군을 우러러보았다. 그녀는 화용군처럼 불세출의 기억력은 갖고 있지 않지만, 희미하게나마 십이 년 전 그날 제 또래의 남자아이가 맞은편에 앉아서 자신을 말끄러미 바라보고 있었던 것을 기억하고 있었다.

그녀의 확신으로는 그 아이가 지금 자신의 앞에 서 있는 사람이 분명했다. 어옹이 그것을 증명하고 있다.

"화 이숙(華二叔)의 아들인가요……?"

"화 이숙이라는 호칭이 청룡전 이 단주를 가리키는 것이라면 바로 맞추었소. 나는 화우현의 아들 화용군이오."

"아아……."

한련이 일어서려는데 정신적인 충격 때문인지 조금 비틀거렸고 화용군이 얼른 부축을 했다.

부축을 한다는 것이 두 손을 그녀의 겨드랑이 아래로 넣어 일으켰으며, 그러는 바람에 손바닥 안쪽에 물컹! 하고 젖가슴의 푹신하고 보드라운 느낌이 전해졌다.

"미… 안하오."

"아…….."

두 사람은 벼락을 맞은 듯 화들짝 놀라면서 동시에 급히 뒤로 물러섰다.

화용군은 한련의 안내로 그녀의 방으로 갔다.

그가 짐작했던 대로 그녀는 자봉각의 각주였다. 하지만 주인은 따로 있으며 그녀는 타고난 미모와 재능으로 주인을 대신하여 자봉각을 이끌어가고 있었다.

그녀의 말에 의하면 자봉각의 주인은 과거 청룡전주 한형록에게 큰 은혜를 입었었는데, 한형록의 한가장이 멸문을 당할 당시 부친의 수하들의 손에 구출되어 온 그녀와 세 살 위의 오빠 한기운(韓基雲)을 그가 보호하여 목숨을 구해주었다는 것이다.

그렇지만 불행히도 한형록 부부와 삼남사녀의 다섯 사람은 다른 친척들과 함께 남천문에 끌려가서 처형을 당하고 말았다고 한다.

단 한 번도 남자가 출입해 본 적이 없는 그녀의 아담한 방에서 화용군은 은은한 난향(蘭香)에 취하여 운공조식을 하면서 내상을 어느 정도 다스렸다.

"오빠는 어디에 있소?"

주고후와 무사 다섯 명을 죽인 상황이고 또 백호전주를 죽이러 가야 하는 처지면서도 화용군은 그것만은 꼭 알고 싶어서 운공조식이 끝나자마자 물었다.

"오라버니는……."

그 물음에 갑자기 한련의 두 눈에 눈물이 가득 고였다. 필경 무슨 가슴 아픈 일이 있는 게 분명했다.

"복수를 할 실력을 키우겠다면서… 스스로 혈명단(血命團)에 찾아갔어요……."

"혈명단? 그게 뭐요?"

화용군은 무림에 대해서는 한련보다도 모른다.

"무림 최고의 살수 조직이에요."

"살수 조직……."

그다음 말은 듣지 않아도 짐작할 수 있을 것 같았다. 화수혜가 자신의 몸을 팔아서 동생 화용군이 무술을 배울 수 있도록 한 것처럼, 한기운은 스스로 제 몸을 던져서 살수 조직에 들어간 것이다.

"거긴… 한 번 들어가면 죽어야지만 나올 수 있는 곳이라고 해요."

한련은 그렇게 말하다가 다시 왈칵 울었는데, 아무래도 그녀의 온몸은 눈물로 이루어져 있는 것 같다.

화용군이 오늘 새벽에 그녀를 만난 이후 그녀가 흘린 눈물이 한 됫박은 되는 것 같았다.

한련은 두 손으로 얼굴을 가리고 흐느껴 울었다.

"으흑흑……! 오라버니는 소녀의 유일한 피붙이인데 지난 육 년 동안 한 번도 만나지 못했어요… 생사조차 알 길이 없고… 도대체 어디에 있는지……."

운공조식을 막 끝낸 화용군은 바닥에 가부좌의 자세로 앉아 있고 그 앞에 무릎을 꿇고 앉은 한련은 가련하게 흐느껴 울고 있다.

그녀의 말을 듣고 화용군은 문득 누나 화수혜가 생각이 나서 가슴이 먹먹해졌다.

그의 유일한 피붙이인 그녀는 지난 육 년 동안 기루에서 피눈물을 흘리며 몸을 팔고 있었을 것이다. 무술을 대성(大成)하여 원수들을 모조리 죽인 후에 자신을 찾아올 동생을 기다리면서 말이다.

흐느껴 울던 한련은 이윽고 고개를 들다가 화용군이 고개를 푹 숙이고 있는 모습을 발견했다.

총명한 그녀는 화용군에게도 자신과 비슷한 아픔이 있을 것이며, 자신이 오빠를 생각하고 우는 것을 보고는 그도 그 아픔이 생각난 것이라고 짐작했다.

"당신은… 혼자인가요? 혼자 살아남았나요?"

그녀가 떨리는 목소리로 묻자 화용군은 천천히 고개를 들고 붉게 충혈된 눈으로 그녀를 바라보았다.

"아니오. 누나가 있소."

"아… 그녀는 어디에 계신가요?"

"그녀는……."

화용군은 차마 입이 떨어지지 않아서 더 이상 말을 잇지 못하고 고개를 들어 천장을 응시했다.

눈물이 흐를 것 같아서 눈에 잔뜩 힘을 주고 있는데도 굵은 눈물이 뚝뚝 떨어져서 뺨을 적셨다. 그에게 있어서 누나는 아픔이고 눈물이다.

"아… 그런 일이……."

화용군의 설명을 듣고 난 한련은 또다시 걷잡을 수 없이 눈물을 흘렸다.

"그때 나는 누나가 기루로 걸어 들어가는 것을 보면서도 아무것도 할 수 없었소."

내장을 조각내서 토해내듯 그가 오만상을 쓰면서 중얼거리자 한련은 어깨를 들먹이며 흐느껴 울었다.

화용군의 눈물을 한련이 대신 흘려주고 있다. 한련의 아픔이 그녀 혼자만의 것이 아니듯이, 그의 아픔은 그 혼자만의 것이 아니다.

한련은 마치 자신의 언니가 돈을 마련하기 위해서 제 발로 기루로 걸어 들어간 듯한 심정이고, 화용군은 자신의 형이 복수를 하겠다면서 다시는 빠져나올 수 없는 살수 조직 혈명단으로 걸어 들어간 듯한 심정이다. 두 사람은 서로의 아픔을 자기 것인 양 공유했다.

"그들은 무사할 거예요… 언젠가는 다시 꼭 만나게 될 거예요… 그렇게 생각하고 힘을 내요, 우리……."

위로를 받아야 할 그녀가 화용군을 위로하고 있다. 그러면서 그녀는 무릎을 꿇은 채 상체를 세워서 화용군을 품에 꼭 안아주었다.

그녀의 풍만하고 부드러운 가슴에 얼굴을 묻은 화용군은 누나의 품에 안긴 듯 마음이 안정되고 푸근했다.

그러면서 그는 세상에는 나쁜 일만 일어나는 것이 아니라고 생각했다.

두 사람의 마음이 어느 정도 진정되었을 때 창이 부옇게 밝아지고 있었다. 동이 트고 있는 것이다.

화용군은 한련에게 백호전주와 그가 살고 있는 곳에 대해서 자세히 들었다.

그를 죽이는 일을 날이 밝기 전에 해치워야 하는 그로서는 한련의 조언을 받아들여서 백호전주가 상반(上班:출근)을 하기 위해서 집을 나설 때 근처에 숨어 있다가 급습하여 죽이기로 마음먹었다.

한련은 이미 '애새아비아탈취사건'의 진상에 대해서 완벽할 정도로 조사를 끝내놓은 상태였으며, 원수들의 소재지까지 다 파악을 해놓았었다.

다만 그들을 죽일 능력이 없어서 애만 태우고 있는 상황에 기적처럼 화용군이 나타난 것이다. 그녀의 능력으로는 죽을 때까지 복수를 하지 못할 것이다.

"마궁평(馬穹平)을 죽이면 곧장 항주를 떠나세요."

한련은 벌써 몇 번째 신신당부했다. 백호전주의 이름이 마궁평이다.

그녀에겐 복수도 중요하지만 화용군의 안위가 더 중요하다는 뜻이다.

"어쩌면 화 상공이 우경도와 그의 아들과 딸을 죽인 일이 이미 남천문에 알려졌을지도 모르니까 마궁평을 죽이기 전에 낌새가 이상하면 포기하고 즉시 떠나세요. 청산(靑山)이 푸른 한 언젠가는 또다시 복수를 할 기회가 생길 거예요."

청산에는 나무가 많으므로 땔감 걱정은 하지 않아도 된다는 뜻이다.

"알겠소."

화용군은 설사 위험에 처하더라도 기필코 마궁평을 죽일 각오지만 지금은 선선히 고개를 끄떡였다. 한련을 걱정시키고 싶지 않았다.

"낭자는 괜찮겠소?"

그는 염려스러운 듯 물었다. 자봉각에서 주고후가 죽었는데 괜찮겠느냐는 뜻이다.

"손님이 자객에 의해서 죽었는데 자봉각이 책임을 질 일은 없어요. 다소 번거롭기는 하겠지요."

그렇다고 해도 남천문 소문주이자 총전주가 죽었으므로 자봉각은 어떤 형태로든 남천문의 닦달을 당하게 될 터이고, 심할 경우에는 문을 닫게 될지도 모른다.

한련은 차분하게 말했다.

"지금부터 화 상공과의 대화가 잘되면 소녀는 여길 떠날 생각이에요."

화용군은 의아한 표정을 지었다.

"무슨 대화 말이오?"

한련은 하기 어려운 말인데도 머뭇거리지 않고 직설적으로 얘기했다.

"애새아비아탈취사건 때 종적이 묘연했었던 열 개의 상자를 주고후가 갖고 있다고 실토했나요?"

한련은 화용군이 주고후에게 보석 상자에 대해서 묻고 있을 때 방에 들어갔으나 주고후가 죽어가면서 너무 작은 목소리로 말을 했기 때문에 아무것도 듣지 못했었다.

화용군은 한 번 믿기로 한 한련에게는 감출 것이 없다고 생각하여 고개를 끄떡였다.

"그렇소. 그자는 열 개의 상자를 감춰놓은 장소를 말해주고 나서 죽었소."

"아… 다행이에요."

'애새아비아탈취사건'에 연관된 사람들에게 별별 고문을 다 가했으나 그들은 보석 상자 열 개의 행방에 대해서는 모르쇠로 일관했었다. 정말로 보석 상자들의 행방을 모르고 있기 때문이었다.

그리고 열 개의 보석 상자는 아직까지도 회수되지 않고 있어서 남천문으로서는 포기한 상태다.

그런데 이제 보니 음모를 꾸몄던 주고후가 그것들을 감춰두고 있었던 것이다.

그는 잠잠해질 때까지 기다렸다가 꺼낼 심산이었는데 그 전에 그 자신이 죽어버렸다.

하지만 그 열 개의 상자에 대해서 누가 더 알고 있는지 모르는 일이다.

어쩌면 백호전주는 알고 있을지도 모른다. 그러나 백호전주마저 죽여 버리면 그것을 아는 사람은 화용군뿐이다. 아니,

한련에게 말해주면 두 사람만이 알고 있다.

"나는 그것에 전혀 관심이 없으니까 낭자가 찾아서 갖도록 하시오."

"상공……."

한련은 그 열 개의 보석 상자로 둘이 같이 무엇을 해보자고 화용군에게 제안을 할 생각이었다.

그런데 그가 그녀더러 다 가지라고 하자 순간적으로 충격을 받고 멍해졌다.

잠시 후에 그녀는 마음을 가라앉히려고 애쓰면서 조용히 말문을 열었다.

"소녀는 자봉각을 떠날 생각이에요."

화용군은 묵묵히 듣기만 했다.

"상공께서 그 상자들을 소녀에게 맡겨주시면 장사를 해볼까 해요."

"낭자가 갖도록 하시오."

화용군은 보석이니 돈이니 하는 것에는 전혀 관심이 없다. 그의 관심사는 오로지 복수뿐이고, 그다음에는 누나를 찾아서 오순도순 행복하게 사는 것이다.

한련은 추호의 물욕(物慾)이 없는 화용군을 존경과 경외의 표정으로 바라보았다. 그러고는 단호하게 말했다.

"그럴 수 없어요. 상공이 주고후에게서 그 상자들이 감춰져 있는 곳을 알아냈으니까 그것들은 상공 것이에요. 그러니까 소녀가 맡아두는 것으로 하겠어요."

"좋을 대로 하시오."

화용군은 관심도 없는 보석 상자 때문에 말이 길어지는 것이 귀찮았다.

이제 이곳에서 한련하고 헤어지고 나면 언제 다시 만날지 알 수가 없다.

아니, 죽을 때까지 만날 일이 없을 것이다. 그렇기 때문에 보석 상자들이 누구 것이라고 해도 상관이 없다. 어차피 두 사람이 만나지 못하면 한련의 소유가 될 터이다.

"주고후는 왕자(王子)였어요."

한련은 아까 했던 말을 다시 꺼냈다.

"화 상공이 그를 죽였다는 사실이 밝혀지면 그 즉시 대역죄인(大逆罪人)이 되는 거예요. 그러면 이 땅에서 발붙이고 못살아요. 그러니까 설혹 상반하는 백호전주를 죽이지 못하더라도 그 즉시 항주를 떠나세요. 알았죠?"

남천문주인 남천왕 주헌중(朱軒仲)은 당금 황제의 친동생이다. 그러므로 주고후는 황제의 친조카이며 동시에 왕자라는 신분이다.

고로 화용군은 왕자를 죽인 것이다. 주고후를 죽일 때는 그가 왕자라는 사실을 몰랐었다. 아니, 알고는 있었지만 신경을 쓰지 않았었다.

그저 남천문의 소문주라고만 생각했을 뿐이다. 그러나 그 사실을 알았다고 해도 촌각의 망설임도 없이 똑같이 행동을 했을 것이다.

화용군은 고개를 끄떡였다.

"알았소."

화용군은 주고후에게 들었던 마지막 말, 즉 열 개의 보석 상자가 있는 장소를 한련에게 전해주고 일어섰다.

"잠깐만요."

한련은 화용군의 왼쪽 옆구리가 피에 물들어 있는 것을 가리켰다.

"다쳤군요. 소녀가 상처를 치료해 드릴게요."

"아니……."

화용군이 괜찮다고 말하려는데 그녀는 벌써 일어나서 치료에 필요한 물건들을 가지러 갔다.

단언하건대 한련은 이날까지 살면서 어느 누구에게도, 특히 남자에게 털끝만 한 친절조차 베풀어본 적이 없었다. 도도함과 오만함의 정점에 서 있었으며, 강철 같은 자존심 하나로 이날까지 버텨왔었다.

"일이 끝나면 누나를 만나러 남경으로 가실 건가요?"

"그렇소."

한련은 화용군의 옆구리 상처를 치료해 준 후에 자봉각 뒤쪽의 포구로 안내했다.

그곳 호숫가에는 자봉각 소유의 유람선 세 척과 몇 척의 작은 배들이 정박해 있었다.

그리고 그중 한 척의 작은 배 앞에 화용군을 백호전주의 집까지 데리고 갈 한 명의 사내가 대기하고 있었다.

날이 밝고 있으므로 자봉각 정문으로 나가면 사람들 눈에 띌지도 모르니까 배를 타고 서호를 얼마 정도 갔다가 육로를 이용하여 백호전주에게 가려는 것이다.

화용군은 자봉각 옆문 쪽으로 가서 아까 나뭇가지에 걸어 두었던 방갓을 벗겨서 손에 쥐고 배로 돌아왔다.

화용군이 배에 타기 전에 한련이 조심스러운 표정을 지으며 말했다.

"용군(龍君)이라는 이름을 빌려주셨으면 해요."

"내 이름을 무엇에 쓰려는 것이오?"

"앞으로 소녀가 하는 모든 사업과 장사에 용군이라는 이름을 사용하고 싶어요."

화용군은 전혀 예상하지 못했던 말에 어리둥절했다.

"좋은 이름이 많을 텐데 왜 하필……."

"화 상공이 주인이니까요."

한련은 증발했던 열 개의 보석 상자에 대해서는 신경조차 쓰지 않았었다.

그런 것이 있었다는 사실은 알고 있었지만 남천문이 찾지 못하는 것을 어떻게 자신이 찾을 수 있을까 싶어서 그것을 얻는다는 것은 아예 꿈도 꾸지 않았다.

그런데 어느 날 갑자기 불쑥 나타난 화용군이 그녀 대신 복수를 해주면서 열 개의 보석 상자까지 그녀의 품에 척 안겨주었다.

화용군은 쑥스럽게 웃으면서 손을 저었다.

"쓰고 싶으면 쓰시오."

제13장

백주대로의 복수

끼이이…….

사내가 힘차게 노를 젓자 배가 이른 새벽의 거울처럼 매끄러운 수면 위를 미끄러져 갔다.

한련은 자봉각 뒤 호숫가에 서서 점점 멀어지고 있는 배를 망연히 바라보고 있다.

그러나 작은 배에 타고 있는 화용군은 한련이 보고 있다는 사실을 모르는지 한 번도 뒤돌아보지 않았다.

끼이이… 끼이…….

"한 번쯤 뒤돌아봐 주는 것도 좋지 않겠소?"

노를 젓고 있는 사내가 부탁 반 꾸짖음 반이 섞인 말투로 화용군에게 권했다.

그제야 화용군이 돌아보니 저만치 자봉각 포구에 한련이 한 폭의 미인화처럼 서 있는 모습이 보였다.

백 장 이상 떨어진 거리에서도 그녀의 자태는 선녀가 강림한 듯 아름다웠다. 그녀로 인해서 그 주변이 환하게 서기가 비치는 듯했다.

화용군이 뒤돌아본 것을 발견하고 그녀가 미소 지으면서 손을 흔들었다.

아쉬운 듯하면서 안타까운, 그러면서도 염려하는 듯한 온화한 미소다.

화용군은 문득 한련의 미소가 누나 화수혜의 미소와 많이 닮았다는 생각이 들었다.

그는 마주 손을 흔들어주려고 손을 들다가 어색한 것 같아서 그만두었다.

"그녀는 기녀가 아니오. 단지 자봉각주로서 경영만 하고 있을 뿐이오."

아주 짧은 수염을 기른 사십 대 초반의 사내는 노를 저으면서 화용군이 묻지도 않은 말을 해주었다.

"그런데도 그녀의 미모를 보려고 사시사철 손님들이 구름처럼 자봉각으로 몰려들고 있소."

화용군은 사내의 말에 공감했다. 만약 그에게 반드시 갚아야 하는 피의 빚, 혈채(血債)가 없었다면, 그래서 그냥 평범한 사내로 성장했다면 다른 사내들처럼 자봉을 보기 위해서 자봉각 근처에 어슬렁거렸을지도 모른다.

"귀하는 누구요?"

"나는 황인강(黃仁强)이라고 하며 육 년 전에는 청룡전 휘하였소."

화용군은 움찔 놀랐다.

"청룡전 휘하라면……."

"청룡전 휘하의 모든 수하가 처형을 당한 것은 아니었소. 청룡전주와 네 명의 단주, 그 다섯 가문과 애새아비아탈취사건에 조금이라도 연루된 수하 삼십이 명의 가문, 그렇게 도합 삼십칠 개 가문의 구족 천칠백 명이 멸문을 당한 도살(屠殺)이었소."

"아……."

화용군으로서는 처음 듣는 얘기며 거기에 대해서는 깊이 생각해 본 적이 없었다.

'애새아비아탈취사건'에 연루된 사람의 구족은 무조건 다 잡아들여서 처형했을 것이라고 막연하게 짐작했었다.

그렇지만 그게 아니었다고 해도 화용군이 짐작했던 것보다 훨씬 많은 사람이 죽었다.

그는 그저 몇백 명 수준일 것이라고 막연하게 추측했었는데 무려 천칠백 명이라고 한다. 실로 어마어마한 수가 아닐 수 없다.

그것은 필경 '애새아비아탈취사건'이 역모였기 때문이었을 것이다.

그랬기에 남천왕이 마구잡이로 깡그리 잡아들여서 처형시켰어도 별문제가 없었을 것이다.

황인강은 어두운 얼굴로 부옇게 밝아오는 호수 너머의 여명을 바라보았다.

"육 년 전 그 당시에 나와 세 명의 수하가 어린 한령 소저와 그녀의 오빠 한기운을 구했었소. 그래서 지금까지 그녀 곁에서 머물고 있는 것이오."

"아……."

황인강을 바라보는 화용군의 입에서 저절로 나직한 탄성이 새어 나왔다.

청룡전 휘하 무사들에게 청룡전주는 주군이었다. 그러므로 죽음을 두려워하지 않고 주군의 핏줄을 사지에서 구했으며 지금까지 보호하고 있는 것이다.

그러니 그들의 충심(忠心)이야말로 가히 존경할 만하지 않겠는가.

"이후 예전 전주의 심복이라고 할 수 있는 수하들이 하나

둘씩 모여들었으며 그 수는 이십여 명에 달했소. 우리는 그 당시 사건에 대해서 지난 육 년 동안 면밀하게 조사를 하여 전말을 거의 다 파악했지만… 능력이 부족하여 복수를 할 수 는 없었소. "

황인강은 피를 토하듯 말을 이었다.

"그런데 화 단주의 아드님이 훌륭하여 성장하여 복수를 하고 있는 것을 보자니 감사한 마음이야 이루 말할 수가 없을 지경이오."

갑자기 황인강은 노를 놓고는 옷매무새를 바로 하고 화용 군을 향해 정중하게 큰절을 올렸다.

"억울하게 돌아가신 전주를 비롯하여 천칠백여 영령을 대 신하여 상공에게 감사드리오."

"이러지 마시오."

화용군은 크게 당황하여 황망히 마주 절을 하고는 그를 부 축해서 일으켰다.

"아직 원수를 다 갚은 것도 아니고, 나는 인사를 받을 정도 로 큰일을 하지도 않았습니다."

"아니, 그것은……."

"말을 놓으십시오, 황 숙(黃叔)."

화용군은 그의 말을 자르며 공손히 말했다. 그가 청룡전주 의 심복 수하이고 부친과도 잘 아는 사이였다면 숙부라고 불러도 타당하다고 생각했다.

황인강은 흔들리는 눈빛으로 잠시 화용군을 바라보다가 빙그레 미소를 지으며 고개를 끄떡였다.

"알았네."

"고맙습니다."

황인강은 화용군의 두 손을 굳게 잡으면서 감회에 젖은 듯 눈시울을 붉혔다.

"화 단주는 내가 충심으로 존경하던 형님 같은 분이었네."

화용군은 심장 어림이 따스해지는 것을 느끼면서 먼 곳을 아련하게 바라보았다.

백호전주 마궁평의 집은 서호 동남쪽 연안로(延安路)의 중간쯤에 위치해 있다.

을시(乙時:아침 7시경) 무렵. 연안로는 항주 성내의 한가운데에 뚫린 대로라서 이른 아침인데도 벌써 많은 사람이 오가고 있었다.

화용군은 원래 상반하는 백호전주 마궁평을 급습할 계획이었으나 대로에 행인이 많아서 여의치 않게 됐다.

그래서 계획을 변경했다. 정공법(正攻法)이다. 말 그대로 정면에서 공격하여 죽이는 방법이다. 위험하겠지만 그런 만큼 더 통쾌한 복수가 될 터이다.

황인강은 백호전주 마궁평의 장원 전문이 잘 보이는 대로변에 서서 전문 쪽을 뚫어지게 주시하고 있다.

그런데 일각 전에 전문 쪽으로 간 화용군은 어디로 갔는지 보이지 않았다.

화용군은 행인이 많아져서 급습하는 것은 여의치 않으므로 다른 방법으로 죽여야겠다는 말을 남기고 간 후로는 일체 모습을 보이지 않고 있다.

'용군, 부디 놈을 죽여다오.'

황인강은 주먹을 움켜쥐고 보이지 않는 화용군에게 마음속으로 당부했다.

육 년여 동안 한련과 황인강을 비롯한 무사들이 조사한 바에 의하면 '애새아비아탈취사건'의 배후 인물은 주고후였으며 백호전주 마궁평이 하수인이었다. 그러므로 마궁평을 죽이면 복수가 끝나는 것이다.

그긍―

그때 육중한 음향이 들리자 황인강은 흠칫했다. 백호전주의 마가장 전문이 열리는 소리가 분명하다.

바짝 긴장한 황인강이 쳐다보니 전문을 통해서 두 명의 무사가 당당하게 밖으로 걸어 나왔다.

황인강은 마궁평에 대해서 조사를 하기 위하여 이곳에 수도 없이 왔었기 때문에 방금 나온 자들이 마궁평의 측근 호위 무사라는 것을 잘 알고 있다.

그들과 인사를 나누지 않았을 뿐이지 하도 많이 봐서 이웃 사람처럼 여겨질 정도다. 저들이 나왔으니까 이제 곧 마궁평이 모습을 드러낼 것이다.

두 명의 무사가 전문 밖으로 나와서 주위를 두리번거린 다음에 전문 안쪽을 향해 고개를 끄떡이며 나와도 좋다는 신호를 보내고는 양쪽으로 갈라섰다. 직후 붉은 홍포 차림에 어깨에 고색창연한 장검을 멘 마궁평이 전문 밖으로 성큼 모습을 드러냈다.

사십 대 후반의 나이에 네모각진 얼굴, 손가락 두 마디 길이의 짧고 검은 수염을 길렀으며 다부진 체구에 강퍅한 인상의 소유자다.

마궁평이 전문 밖으로 나와서 서쪽, 그러니까 황인강이 있는 쪽으로 걷기 시작하자 먼저 나와 있던 두 명의 무사가 그의 양쪽에서, 그리고 뒤따라 나온 또 다른 두 명의 무사가 뒤에서 그림자처럼 따랐다.

거리의 행인들은 조금 전보다 더 많아졌으며 활기에 넘쳤다. 그렇지만 행인들은 워낙 위풍당당하게 걸어오고 있는 마궁평 일행 근처에 근접도 하지 못하고 다들 슬슬 피해서 지나갔다.

황인강은 마가장 전문에서 이십 장 거리의 골목 어귀에 서 있는데, 마궁평 등이 차츰 가까워지자 슬쩍 골목 안쪽으로 뒷걸음쳐서 들어갔다.

골목 입구의 오른쪽 담에 가려서 마궁평이 보이지 않게 되자 황인강은 재빨리 두리번거리면서 거리에서 화용군을 찾아보았다.

그러다가 왼쪽 그러니까 마궁평이 걸어가고 있는 방향의 골목 어귀 끝으로 화용군의 모습이 막 나타나는 것을 발견하고 심장이 덜컥 멎는 듯한 충격을 받았다.

'어쩌려고……'

골목 어귀 왼쪽으로 모습을 드러낸 화용군은 방갓을 쓰고 있지 않은 채로 대로 한복판을 당당하게 걸어서 오른쪽으로 걸어가고 있다.

그걸 보고 황인강은 이끌리듯이 급히 앞으로 주춤거리며 걸어 나갔다.

'정공법으로 공격할 셈이로군!'

화용군이 걸어가는 속도와 마궁평 일행이 걷는 속도라면 지금으로부터 세 호흡 뒤에 서로 마주칠 것 같았다.

화용군의 모습이 골목 밖 대로의 오른쪽으로 사라지는 것을 보고 황인강은 더 이상 숨지 않고 골목 어귀 바깥으로 급히 걸어 나갔다.

화용군이 정면에서 마궁평을 공격할 모양인데 숨어 있을
이유가 없다.

황인강은 여차하면 화용군을 도울 생각이다. 그가 위험에
처하는 모습을 두고 볼 수만은 없다.

황인강이 골목 밖으로 나오자마자 급히 오른쪽을 쳐다봤
을 때 화용군은 마궁평 정면 이 장 거리까지 이르고 있는 중
이었다.

'휴우…….'

그런데 황인강은 무엇을 발견했는지 내심 안도의 한숨을
내쉬었다.

화용군은 마궁평 앞으로 부딪칠 듯이 똑바로 마주쳐서 걸
어가는 게 아니었다.

그가 저 방향으로 계속 걸어간다면 마궁평 오른쪽 무사 곁
을 스쳐 지나게 될 것이다.

더구나 황인강이 쳐다보고 있는 중에도 화용군은 두 팔을
아래로 늘어뜨린 채 앞뒤로 흔들면서 마치 행인처럼 자연스
럽게 걷고 있다.

만약 화용군이 공격을 할 것이라면 마궁평과의 거리가 일
장으로 좁혀진 지금쯤 어깨의 검을 뽑아야 하고 또 질주를 시
작해야만 한다.

그렇지만 지금 상황에서 정공법을 시도하는 것은 무모하

다. 마궁평의 무술, 아니, 무공 수위는 남천문에서도 다섯 손가락 안에 꼽힌다.

그러므로 화용군이 일 장 앞에서 공격을 한다고 해도 성공할 가능성은 희박하다.

'그러면 그렇지. 용군이 바보가 아닌 이상 이런 대로에서 정공법을 쓸 리가 없지.'

황인강은 화용군이 탐색을 하느라 마궁평을 한 번 스쳐 지나는 것이라고 추측했다.

화용군은 마궁평의 얼굴에서 시선을 떼지 않았다. 그의 기억으로는 마궁평이라는 인물은 한 번도 본 적이 없는 얼굴이 분명하다.

드디어 그와 마궁평의 시선이 마주쳤다. 그가 마궁평을 뚫어지게 주시하면서 걸어오고 있기 때문에 마궁평은 미간을 찌푸리면서 그를 쳐다보는 것이다.

화용군은 그를 쏘아보면서 죽이고 싶다는 감정을 추호도 감추지 않고 얼굴에 그대로 드러냈다.

찢어 죽일 원수의 면전에서 나는 너하고는 상관이 없는 사람입네 하고 딴청을 부리는 짓 따위는 할 수가 없다. 나는 네 놈을 죽이러 왔다고 표정만이라도 당당하게 드러내 놓고 밝히고 싶다.

마궁평으로서는 아침부터 기분이 확 상하는 일이다. 남천문에 상반하려고 이제 막 장원을 나선 길인데 웬 정신 나간놈이 아침 댓바람부터 죽일 것처럼 쏘아보고 있으니까 은근히 부아가 치밀었다.

얼굴을 보아하니 천하절색 뺨칠 만큼 잘생긴 놈이고 나이는 기껏 먹어봐야 이십 세가 넘은 것 같지 않은데, 짧은 시간에 아무리 생각을 해봐도 저런 어린놈이 자신을 이처럼 죽일듯이 노려볼 이유가 없다.

마궁평은 지금 이 순간에도 육 년 전의 '애새아비아탈취사건'에 대해서는 눈곱만큼도 염두에 두고 있지 않다. 그 일은이미 까맣게 퇴색해 버린 과거의 일이다. 육 년이면 긴 세월이기 때문이다.

그런데 그때 그 어린놈이 마궁평의 오른쪽으로 스쳐 지나가려고 하면서 그제야 시선을 정면으로 돌렸다.

'별 미친놈이 다 있군.'

마궁평은 미간을 찌푸리면서 어린놈에게서 시선을 거두려다가 흠칫했다.

슝—

그 어린놈이 이쪽을 향해 오른팔을 슬쩍 흔드는 것 같았는데 뭔가 푸르스름한 빛이 흐릿하게 번뜩이면서 쏘아 오고 있기 때문이다.

뚝!

급습이라고 판단한 마궁평은 본능적으로 걸음을 멈추면서 다급히 왼손을 들어 그것을 막으려고 하며 상체를 옆으로 젖혔다.

그러나 거리가 워낙 가까웠다. 불과 일 장도 안 되는 거리에서 빛처럼 빠르게 쏘아 오는 물체를 왼손으로 막으려는 것이나 피하려는 것 자체가 무리다.

팍!

"끅!"

전광석화 같은 푸른 빛살은 마궁평이 어떻게 대처하기도 전에 그의 목 중앙에 꽂혔다. 오른쪽을 쳐다보고 있었기 때문이다.

아니, 뾰족한 물체가 목 한복판을 꿰뚫고 목 뒤쪽으로 반 뼘쯤 쑥 튀어나왔다.

산뜻한 기분으로 남천문에 상반하려던 마궁평은 대문 밖이 저승이라는 속담처럼 자신의 장원 밖에서 암습을 당해 저승길에 오르고 있다.

화용군은 마궁평 오른쪽에서 딱 붙어 걸어가고 있는 무사 옆을 스쳐 지나면서 오른팔을 앞으로 쭉 뻗었다.

핑―

야차도가 마궁평의 목에 꽂혀 있는 상태에서 야차도 손잡이 고리에 묶인 천심강사가 팽팽해지면서 같은 높이에 있는 오른쪽 무사의 목을 뎅겅 잘라 버렸다.

삭—

"큭!"

세 명의 무사는 움찔 놀라 걸음을 멈추었지만 어떻게 된 상황인지 파악하지 못하고 비틀거리는 마궁평을 보면서 허둥거렸다.

휘익!

화용군은 목을 움켜잡은 채 비틀거리고 있는 마궁평 뒤쪽으로 재빨리 돌아갔다가 다시 왼쪽으로 내달리면서 오른팔의 천심강사를 더욱 팽팽하게 당겼다.

파아—

"크윽!"

"허윽!"

극도로 팽팽해진 천심강사는 마궁평 뒤에 나란히 따르고 있던 두 명의 무사의 등을 파고들었다가 가슴팍을 가르며 튀어나왔다.

즉, 몸통을 절단한 것이다. 천심강사로 순식간에 세 명의 무사 몸을 잘라 버렸다.

슝—

뒤이어 찰나지간 마지막 남은 한 명의 무사 뒤쪽에 도달한 화용군은 왼손으로 어깨의 검을 뽑으면서 그대로 무사를 세로로 쪼갰다.

키잇―

아직도 어떻게 된 영문인지 갈피를 잡지 못하고 있는 무사는 엉거주춤한 자세로 뒤돌아보다가 그어 내리는 검에 머리가 비스듬히 세로로 잘라졌다.

사악―

"흐악!"

화용군은 왼손에 검을 움켜쥔 채 우뚝 멈춰 서서 비틀거리면서 아직 쓰러지지 않은 마궁평의 뒷모습을 쳐다보았다.

마궁평은 야차도가 꽂혀서 꿀럭꿀럭 피가 흐르는 목을 두 손으로 부여안은 채 비틀거리고 있다.

"끄으으……."

화용군은 자신이 돌았던 방향으로 다시 한 바퀴를 돌아 마궁평 정면에 섰다.

피잇― 척!

기음을 흘리면서 야차도가 화용군의 오른팔 소매 속으로 사라졌다.

마궁평은 두 손으로 목을 움켜잡았는데 열 손가락 사이로 샘물처럼 피가 쏟아졌다. 목에서 야차도가 뽑히자 본격적으로 핏줄기를 뿜어냈다.

화용군은 그 모습을 보면서 비로소 속이 후련함을 맛보았다. 그는 마궁평을 보며 저승사자, 아니, 야차처럼 통쾌한 얼굴로 또렷하게 말했다.

　"잘 들어라, 마궁평. 나는 청룡전 이 단주 화우현의 아들 화용군이다. 저승에 가거든 주고후와 함께 먼저 가신 억울한 영령들에게 사죄해라."

　"으으… 너… 너……."

　팍!

　"크악!"

　부릅뜬 눈으로 뭐라고 말하려 하는 마궁평의 머리를 화용군 왼손의 검이 세로로 쪼갰다.

　마궁평의 몸이 머리에서 사타구니까지 세로로 쪼개지는 것을 물끄러미 보고 있던 화용군은 비로소 검을 꽂고 황인강이 있는 반대 방향으로 질주하기 시작했다.

　휘익!

　그가 얼마나 신속하게 마궁평과 네 명의 호위무사를 죽였는지 지나가던 행인들은 놀란 얼굴로 이쪽을 쳐다볼 뿐 제자리에서 움직이지도 못했다.

　"아아……."

　화용군이 순식간에 마궁평과 네 명의 무사를 도륙하는 광경과 또 그가 마궁평을 준엄하게 꾸짖는 모습을 지켜보는 황인강의 두 눈에서 어느새 기쁨과 감격의 눈물이 흘러내리고 있다.

"드디어 다 갚았다……."

쿵—

그는 그 자리에 무너지듯이 무릎을 꿇었다. '애새아비아탈취사건' 으로 인하여 처형당한 사람들의 얼굴과 지난 육 년 동안의 갖가지 일이 아주 짧은 시간에 주마등처럼 그의 뇌리를 스쳐 지나갔다.

그래서 그는 그 자리에서 움직일 줄 모르고 몸을 떨면서 낮게 흐느껴 울었다.

"아악! 살인이다!"

"꺄아악!"

그때 마궁평과 호위무사들이 죽은 방향에서 어지러운 비명 소리가 터지자 황인강은 번쩍 정신을 차렸다.

연안로의 동쪽 끝에는 북경에서 시작된 경항대운하(京杭大運河)의 남쪽 끝에 해당하는 운하가 흐르고 있으며, 그곳에는 강소성 소주(蘇州)로 가는 그날 첫 정기선(定期船)이 대기하고 있다.

마궁평과 네 명의 호위무사를 죽인 화용군은 반각 후에 정기선 승선장(乘船場)에 모습을 나타냈다.

승선장에는 출발을 앞둔 거대한 첫 번째 정기선이 대기하고 있으며, 드넓은 광장에는 수백 명이 길게 줄을 서서 정기선에 오르고 있는 중이다.

화용군은 줄의 끝자락에 서서 조금 전에 자신이 달려온 대로 쪽을 돌아보았다.

저마다 제 갈 길을 바쁘게 가고 있는 행인들의 모습만 보일 뿐 별다른 움직임은 없다.

마궁평 등이 대로상에서 처참하게 살해당한 충격적인 사건의 여파가 아직 이곳까지는 이르지 않은 듯했다.

그러나 오래지 않아서 항주 성내 전체가 발칵 뒤집힐 것이다. 그러기 전에 화용군은 이곳을 빠져나가야 한다.

그는 이제야 비로소 자신의 옷을 살펴보았으나 다행히 피는 묻지 않았다.

그의 두 손에는 마궁평과 네 명의 무사를 죽였던 여운이 아직도 생생하게 남아 있다.

마궁평이 목을 움켜잡고 죽어가면서 헐떡거리고 또 몸이 세로로 쪼개지던 광경은 지금도 화용군에게 짜릿한 통쾌함을 안겨주기에 충분하다.

그는 흥분을 가라앉히면서 조금씩 앞으로 이동하는 줄을 따라 정기선으로 걸어갔다.

여기에서 정기선을 타고 항주를 빠져나가라고 조언한 사람은 한련이었다.

만약 남천문이 항주 성내와 사방의 관도를 차단하더라도 운하의 정기선만큼은 건드리지 못한다는 사실을 그녀는 잘 알고 있었다.

화용군이 오늘 이른 아침에 대로상에서 백호전주 마궁평을 죽일 때까지는 성내가 조용했었다.

그것은 아직 남천문이 우경도 일가의 죽음을 모르고 있든지 아니면 보고를 받고서도 심각하지 않은 사건으로 치부했기 때문일 것이다.

우경도 일가의 죽음을 육 년 전 '애새아비아탈취사건' 하고 연관을 시키는 것은 무리일 것이다.

자봉각에서 죽은 주고후와 그의 호위무사들의 일은 한련이 아직 비밀에 붙이고 있을 터이다.

그녀는 백호전주 마궁평이 죽었다는 황인강의 보고를 받고 나서도 주고후의 죽음을 남천문에 알리지 않고 할 수 있는 데까지 붙잡고 있을 것이다.

화용군이 무사히 항주를 빠져나갈 수 있는 시간을 최대한 벌어주려는 의도다.

우경도의 죽음보다는 마궁평의 죽음이 훨씬 파장이 클 터이다. 하지만 그 둘의 죽음을 합쳐도 주고후의 죽음이 몰고

올 파장하고는 비교할 수도 없을 터이다.

화용군은 문득 한련의 아리따운 모습이 떠올랐다. 그녀가 절색의 아름다움을 지니고 있어서 문득 생각난 것이 아니라, '애새아비아탈취사건'의 생존자이며, 과거 화용군의 부친이 모셨던 직속 상전의 딸이기 때문이다.

그녀의 존재는 화용군에게 적잖은 위로가 되어주었다. 그러나 언제 다시 그녀를 만나게 될지는 미지수다. 별다른 일이 없는 한 그녀를 다시 만날 일은 없을 터이다.

황인강은 숨이 턱에 차서 승선장에 도착했다.

"헉헉헉……."

그러나 승선장은 텅 비어 있으며 더구나 운하에는 정기선이 보이지 않았다.

아침 첫 정기선이 진시(辰時:아침 8시경)에 출발하는데 이미 떠난 모양이다.

그는 다급히 운하로 달려가면서 정기선이 향했을 운하의 북쪽을 쳐다보았다.

정기선을 관리하는 건물에 가려져서 보이지 않던 정기선이 차츰 모습을 드러냈다.

휘익!

황인강은 운하를 따라서 전력으로 달리기 시작했고 삼백

여 장 거리에서 육중하게 움직이고 있는 정기선을 오래지 않아서 따라잡았다.

그러나 안타깝게도 거기에서 운하가 세 갈래로 갈라지고 정기선은 오른쪽으로 방향을 틀기 시작했다.

항주 성내 동남쪽으로 가르는 운하는 폭이 웬만한 강폭하고 맞먹어서 황인강으로서는 뛰어넘는다는 것은 꿈도 못 꿀 일이다.

운하의 끝에 도달한 황인강은 정기선 선미(船尾) 난간가에 화용군이 서 있는 것을 발견했다. 그를 본 순간 황인강은 뜨거운 눈물이 왈칵 쏟아졌다.

어느 날 불쑥 나타나서 장한 일을 해치우고 홀쩍 떠나는 화용군이다.

여건만 허락된다면 몇 날 며칠이고 화용군하고 마주 앉아서 축하주를 기울이며 지나간 일들을 안주 삼아서 정담을 나누고 싶건만, 그것은 고사하고 애썼다면서 손 한 번 잡아주지 못하는 상황이다.

선미에 서 있는 화용군은 황인강을 발견하고 그를 향해 정중히 허리를 굽혀 보였다.

"용군… 잘 가게. 죽을 때까지 자네를 잊지 않겠네."

황인강도 포권을 하며 깊숙이 허리를 굽혀 예를 취했다. 그의 발 아래로 굵은 눈물이 뚝뚝 떨어졌다.

＊ ＊ ＊

남천문 소문주 주고후와 백호전주 마궁평, 수석단주 우경도 등의 죽음으로 항주 전체가 뒤숭숭하다.

단교 근처에 살고 있는 송내낭은 오늘 아침에 우가장에 출근했다가 기절초풍할 사실을 알게 되었다.

우가장의 장주인 우경도와 그의 두 자식이 간밤에 자객의 칼에 살해당했다는 것이다.

우가장은 풍비박산이 났다. 주인 일가가 살해당한 섬뜩한 장원에는 숙수나 하인, 하녀들이 십 리 밖으로 줄행랑을 쳤기에 송내낭도 집으로 돌아왔다.

그녀는 집으로 돌아오는 내내 얼마나 펑펑 눈물을 흘렸는지 앞이 제대로 보이지 않을 정도였다.

옛 주인의 복수를 했다는 생각에 가슴이 후련해서 십 년 묵은 체증이 다 내려가는 것 같았다.

어젯밤에 화용군이 집에 돌아오지 않아서 밤새 걱정하며 뜬눈으로 지새웠는데 이제야 그가 돌아오지 않은 이유를 알게 되었다.

송내낭은 우가장에서 집까지 돌아오는 그다지 멀지 않은 거리에서 사람들이 삼삼오오 모여 수군거리는 얘기를 듣게 되었다.

지난밤과 이른 아침에 남천문 소문주 주고후와 백호전주 마궁평 등 십여 명이 죽음을 당했다는 것이다.

송내낭은 옛 주인 화우현 일가와 구족을 처형한 것이 모함일 것이라고 생각했었으나 누가 원흉인지 어떻게 된 일인지는 아무것도 모르고 있었다.

다만 화용군이 그들을 모조리 죽여서 통쾌하게 복수를 한 것이라고 굳게 믿었다. 그러느라고 그가 어젯밤에 집에 오지 않았던 것이다.

송내낭은 소문주 주고후나 백호전주 마궁평, 수석단주 우경도 등이 하나같이 대단한 인물들이라고 알고 있다. 그런데 화용군이 그들 모두를 하룻밤 사이에 감쪽같이 죽였으니 그야말로 정말 굉장한 인물이 아니겠는가.

울음을 그치지 못하면서 집에 들어선 송내낭은 딸 나금에게 밖에서 일어난 일들을 한바탕 신명나게 얘기해 주려고 마음먹었다.

그런데 전혀 뜻밖에도 집에는 처음 보는 낯선 여자가 찾아와서 나금과 함께 낡은 탁자에 마주 앉아서 차를 마시고 있었다.

송내낭은 자신을 보면서 온화하게 미소 지으며 일어서고

있는 낯선 여자의 경국지색 미모와 자태를 보고는 그 자리에 얼어붙고 말았다. 송내낭은 이처럼 아름다운 여자를 태어나서 처음 보았다.

낯선 여자는 송내낭에게 살포시 고개를 숙여 인사했다.

"저는 한련이에요. 옛 청룡전주의 딸이지요."

"아……."

크게 놀라는 송내낭에게 더 큰 놀라움이 기다리고 있었다.

한련은 화사하게 미소 지으면서 말했다.

"화용군 상공이 저더러 송 낭과 따님을 잘 모시라고 지시했어요."

제14장

———

어긋남

다음 날 아침.

누나를 만나고 싶은 마음이 급한 화용군은 정기선의 첫 번째 경유지인 숭덕현(崇德縣)에서 내려 말을 구하기 위해서 포구의 마방(馬房)으로 갔다.

정기선이 편하기는 하지만 항주에서 남경까지 무려 팔 일이나 걸리는 게 흠이다. 그렇지만 말을 타면 천천히 가도 이틀이면 갈 수 있다.

그런데 그가 배를 내린 곳에서 마방까지 가는 백오십여 장남짓 짧은 거리에는 뜻밖에도 무기를 휴대한 무림인들과 포리(捕吏:포졸)들이 지천에 깔려 있었다.

그들은 무림인이거나 수상하게 보이는 사람이면 마구잡이로 검문을 했다.

화용군이 발길을 돌리려고 뒤돌아보니 뒤쪽도 앞쪽이나 다를 바가 없는 상황이다.

정기선에서 내릴 때는 눈여겨보지 않아서 몰랐는데 포구에는 원래부터 수십 명의 무림인과 포리들이 곳곳에서 행인들을 검문하고 있었던 것이다.

화용군은 눈에 띄는 행동을 하면 수상하게 여길 것 같아서 그냥 마방을 향해 행인들에 섞여서 천천히 걸어갔다.

걸어가면서 주변의 사람들이 하는 말을 주워듣고서야 어찌 된 상황인지 알게 되었다.

우려했던 일이 현실로 벌어졌다. 그가 항주에서 벌인 일, 즉 주고후와 마궁평, 우경도를 죽인 일 때문에 남천문이 발칵 뒤집혔다고 한다.

그들을 죽인 자객을 잡기 위해서 항주 일대에 전례 없는 검문검색이 천라지망처럼 펼쳐졌다는 것이다.

그러나 화용군은 추호의 흔적을 남기지 않았으므로 염려될 일이 없다고 확신했다.

그러나 그의 확신은 때마침 그의 옆으로 스쳐 지나는 장사치들의 대화를 듣는 순간 여지없이 깨져 버렸다.

"그러니까 자객이 육 년 전에 애새아비아탈취사건으로 처형당한 사람의 아들이라는 말인가?"

"그렇다는군. 그자 배포도 크지. 항주 성내 연안로에서 백호전주를 자신의 장원 앞에서 살해하면서 자기가 화우현의 아들 화용군이라고 당당하게 밝혔다는 거야. 근처에 있던 사람들이 똑똑히 들었다더군."

"속은 시원할지 모르겠지만 대로상에서 복수를 하며 자신의 이름을 밝히다니, 그 친구 멍청한 짓을 했군?"

화용군은 우뚝 그 자리에 멈췄다. 쇠망치로 뒤통수를 호되게 얻어맞은 것처럼 정신이 멍해졌다.

그는 분명히 죽기 직전의 마궁평에게 자신이 누군지 똑똑히 밝혔었다.

방금 지나가면서 장사치가 말한 것처럼 마궁평에게 자신의 신분을 밝힐 때에는 정말 통쾌했었다.

그런데 그 통쾌함은 하루를 넘기지 못하고 '위기'라는 형태로 이처럼 그의 앞에 모습을 드러냈다.

'멍청하게……'

장사치 말처럼 그는 멍청했다. 한순간의 통쾌함을 맛보기 위해서 꼬리를 잘리고 말았다.

연안로 대로상에 많은 사람이 보고 있어서 그들에게 얼굴만 보이지 않으면 안심이라는 짧은 생각에 저지른 돌이킬 수 없는 실수였다.

"어이! 거기! 이쪽으로 와라!"

그때 검문을 하고 있는 무림인 한 명이 길 복판에 우두커니 서 있는 화용군을 손짓으로 불렀다.

사람들 왕래가 많은 포구 거리 한복판에서 누구보다도 키가 큰 그가 우두커니 서 있는데다 어깨에 검을 메고 있으니까 검문을 하고 있는 무림인들의 눈에 이상하게 보일 수밖에 없다.

화용군이 쳐다보니 그를 손짓으로 부른 무림인이 있는 곳에는 세 명의 무림인과 다섯 명의 포리가 모여서 검문을 하고 있었다.

조금 전에 돌아봤을 때 뒤쪽에서도 여기저기 몇 군데에서 검문을 하고 있었으므로 지금 돌아간다고 해도 검문을 피할 수는 없다.

이 자리에서 도망칠 수는 있겠으나 그리되면 제대로 도망자 신세가 될 터이다.

아직은 도망자가 아니다. 단지 검문을 하는 것뿐이니까 운이 좋으면, 아니, 임기응변이 적절하면 무사히 통과할 수도 있을 것이다.

"어디에서 온 누구냐?"

화용군을 손짓으로 부른 자가 그의 위아래를 빠르게 살펴보면서 예리하게 물었다. 그자는 화용군이 어린 나이라는 것을 알고 깔보듯이 하대를 했다.

"제남에서 온 강호(鋼豪)라고 하오."

화용군은 구무주관에서 자신이 맡은 생도들에게 불리는 별명을 댔다.

그가 맡은 생도들은 그의 깐깐하고 엄격한 그러면서도 완벽을 추구하는 성품 때문에 강철 '강' 에 호걸 '호' 를 써서 강호라고 부르기를 좋아했다.

그는 육 년여 동안 제남에서 생활했기 때문에 화북(華北) 말씨를 쓰는 것은 어려운 일이 아니다.

그가 정확한 화북 말씨를 쓰자 무림인은 흥미를 잃은 것 같은 얼굴이다.

화용군이 슬쩍 딴청을 피우는 체하면서 살펴보니 검문을 하고 있는 무림인들은 청의 경장을 입었으며 왼쪽 가슴에 동그란 무늬가 있고 그 안에 '南天' 이란 두 글자가 수놓아져 있다. 즉, 남천문 소속 무사라는 뜻이다.

남천문이 무사들을 풀고 또 관(官)을 움직여서 포리들을 동원했다는 사실을 의심할 수 없게 되었다.

"호구증(戶口證)을 보여다오."

호구증은 자신이 살고 있는 곳에서 관이 발급하는 일종의 증명서다.

여행자들은 호구증을 반드시 지니고 다녀야 하며 위반했을 시에는 처벌을 받게 된다.

화용군은 제남 구주무관에서 생활하는 동안 호구증을 발급받은 적이 있었다. 집이 구주무관으로 되어 있다.

그렇지만 그의 호구증에는 이름이 '화용군'으로 기재되어 있기 때문에 보여줄 수가 없다.

슥―

대신 그는 다른 것을 보여주었다. 제남 구주무관의 생도라면 누구나 지니고 다니는 무관첩(武館帖)이다.

거기에는 이것을 지닌 사람이 구주무관 출신이며 검술의 진전이 어디까지 나갔고 그곳에서의 신분이 뭐라는 것까지 적혀 있다.

또한 이름 대신 구주무관에서 지어준 무명(武名)이 적혀 있으므로 거리낌 없이 내밀었다.

"흠. 대명제관의 구주무관이라고?"

제남 대명호 주변의 서른네 군데 무도관은 천하에서도 알아주는 유명한 곳이다.

평범한 무사 차림이며 아직 약관도 되지 않은 듯한 어린 나이의 화용군이 대명제관 중에 하나인 구주무관 출신, 더구나 그곳의 사범이라고 기재된 무관첩을 보고 무림인은 새삼스러운 눈으로 그를 쳐다보았다.

그의 중얼거림에 다른 무림인, 즉 남천문 무사 일명 남천무사(南天武士)라 불리는 자들이 다들 눈을 빛내며 호기심 어린 표정으로 화용군을 쳐다보았다.

"사범 강호라… 어린 나이에 대단한 성취로군."

무림인은 무관첩을 화용군에게 돌려주었다. 그런데 방금 전하고는 판이하게 다른 자못 정중한 태도다.

"몇 년 동안 수련했소?"

말투도 변했다. 그는 호기심어린 표정으로 물었다. 대관절 몇 년이나 수련을 했기에 어린 나이에 사범이 되었느냐는 뜻이다.

"십 년이오."

"호오……."

화용군은 거짓말을 했다. 육 년이라고 사실 대로 말하면 너무 짧은 세월이라서 그렇게 짧은 기간에 어떻게 사범이 될 수 있었느냐고 의심할 수도 있다. 아니면 관심을 보일지도 모르는데 그렇게 되면 곤란하다.

또 육 년 전에는 '애새아비아탈취사건'이 있었으므로 괜히 꼬투리가 잡힐까 봐 육 년이라는 말을 피하려고 일부러 십 년이라고 대답한 것이다.

남천고수는 무관첩을 돌려주며 호의적인 표정으로 물었다.

"여긴 무엇하러 왔소?"

"사람을 좀 만나러 가는 길이오."

"누굴 만나려는 것인지 물어봐도 되겠소?"

남천고수는 캐내려는 의도가 아니라 대명제관의 사범쯤 되는 인물이 만나려고 하는 인물이 누구일 것인지 순전히 호기심이 발동했다.

화용군은 누나를 가는 길이지만 사실 대로 말할 수는 없어서 즉흥적으로 떠오르는 유진의 이름을 댔다.

"유진이라는 사람이오."

"엇?"

그러자 남천고수들이 해연히 놀란 표정을 지었다.

"혹시… 검가인(劍佳人) 유진 소저를 말하는 것이오?"

화용군은 검가인이라는 별호는 처음 들어보았지만 어쩌면 유진의 별호일지도 모른다는 생각에 고개를 끄떡였다.

"그렇소."

"호오……."

'검가인'이라는 말에 다른 남천고수들도 모두 놀라는 얼굴로 쳐다보았다.

남천무사들은 화용군이 대명제관의 사범이라는 사실을 알았을 때보다 더욱 정중하게 일제히 포권을 해 보였다.

"살펴가시오."

"검가인을 만나면 남천문 사람들이 상공에게 실수하지 않았다고 말해주시오."

"검가인의 친구라는 사실을 진작 알았으면 실례를 범하지 않았을 것이오."

그들은 검가인을 매우 공경하고 있는 것 같았다.

다음날 늦은 아침 무렵. 말을 탄 화용군은 남경 성내의 기루 선아루 앞에 도착했다.

말에서 내린 그는 삼 층 건물인 선아루를 잠시 동안 물끄러미 응시하는데 가슴속에서는 만감이 교차했다.

육 년 전 차디찬 겨울비가 쏟아지는 그날 누나는 화용군이 무술을 배울 수업료를 구하기 위해서 십칠 세 여린 몸을 스스로 이곳에 내던졌었다.

그리고 육 년 동안 뭇사내의 노리개 신세가 되어 남동생 화용군이 돌아올 날만 기다리고 있을 것이다.

화용군은 지난 육 년여 동안 단 하루도 누나를 생각하지 않은 날이 없었다.

구주무관에서의 육 년 동안 아무리 기쁜 일이 있어도 그는 진심으로 기쁘지 않았었다. 누나의 처지를 생각하면 기쁠 수가 없기 때문이다.

그러나 이제는 다 끝났다. 복수도 끝났으며 누나의 고생도

끝났고 천지간에 단둘밖에 없는 남매의 이별도 끝났다. 이젠 두 사람이 손잡고 구주무관으로 돌아가서 오순도순 행복하게 살 일만 남았다.

슥─

그는 말고삐를 근처의 나무에 묶고는 선아루로 성큼성큼 걸어가서 굳게 닫힌 문을 두드렸다.

쿵쿵쿵─

"없다고?"

자다가 깼는지 졸린 눈으로 나온 여인네가 문밖에 서 있는 화용군을 보더니 아화(啞花)는 선아루에 없다고 퉁명스럽게 말했다.

"아화의 본명이 화수혜요?"

"그래요."

"그런데 여기에 없다는 말이오?"

"글쎄 그렇다니까요?"

끼이……

여인네가 문을 닫으려는데 화용군은 그녀를 밀치며 안으로 밀고 들어갔다.

"어딜 들어와요? 어서 나가요!"

"송 대이는 어디에 있소? 당장 나오시오!"

그는 안으로 성큼성큼 걸어 들어가면서 쩌렁쩌렁한 목소리로 외쳤다.

육 년 전에 누나를 은자 삼백 냥에 샀던 사람이 선아루의 포주 송 대이였다.

일각 후에 화용군은 힘없는 발걸음으로 선아루에서 나와 말을 묶어놓은 곳까지 걸어갔다.

송 대이 말에 의하면 누나 화수혜는 선아루를 떠난 지가 벌써 반년이 넘었다는 것이다.

그녀는 선아루에 있는 동안 도무지 웃지도 말하지도 않아서 동료 기녀들에게 아화, 즉 벙어리꽃이라는 별명을 얻었으며 그것이 굳어서 그녀의 기명(妓名)이 되었다고 한다.

기녀가 된 지 오 년이 다 끝나갈 무렵의 아화는 웬일인지 조금씩 들뜨기 시작했으며 때에 따라서는 살포시 행복한 미소를 짓기도 했었다.

동료들이 무슨 좋은 일이 있느냐고 물으니까 그녀는 환하게 웃으며 '이제 머잖아서 내가 가장 사랑하는 동생이 나를 데리러 올 거야'라고 말했다는 것이다.

그녀가 선아루를 떠나기 마지막 일 년 남짓 동안은 하도 혼자서 배실배실 잘 웃어서 동료들이 이번에는 웃을 소(笑)자를 넣어 '소아화(笑啞花)'라고 별명을 새로 지어줄 정도였다고 한다.

그러나 오 년이 다 지나고 육 년째가 시작되어도 남동생이 찾아오지 않자 그녀는 부쩍 초조해져서 안절부절 어쩔 줄 모르며 매일 눈물로 지새웠다고 한다.

그러다가 육 년째 석 달쯤 접어들었을 무렵 그녀는 자신이 직접 동생을 찾으러 가야겠다면서 홀연히 선아루를 떠났다는 것이다.

"내 탓이다……."

화용군은 말을 묶어놓은 나무 옆 땅바닥에 털썩 주저앉으면서 착잡한 얼굴로 중얼거렸다.

그의 손에는 송 대이가 준 묵직한 주머니가 쥐어져 있다. 거기에는 은자가 백오십 냥쯤 들어 있는데 그동안 화수혜가 번 돈이라고 한다.

그녀는 비밀스럽게 선아루를 떠나느라 송 대이에게 맡겨둔 돈마저 두고 갔다는 것이다.

송 대이 말에 의하면 화수혜는 선아루에 들어와서 부지런히 일을 하여 삼 년 만에 자신의 몸값 은자 삼백 냥을 다 갚고 그때부터 번 돈은 차곡차곡 모았다고 한다.

화수혜는 선아루에서 손님들의 사랑을 한 몸에 받으면서 지명도 일위의 최고 인기를 누렸었다.

그래서 사실대로 말하자면 몸값 은자 삼백 냥은 그녀가 선아루에 들어온 첫 달에 이미 다 갚고도 남았었다. 그 당시 그녀가 한 달에 벌어들인 돈이 은자로 무려 만 냥을 훌쩍 상회했었다.

그러니 그녀가 지난 오 년하고도 석 달 동안 번 돈은 은자 수백만 냥에 달할 것이다.

그런데도 송 대이는 그녀가 삼 년 만에 빚을 다 갚았으며 그 이후에 번 돈이 은자 백오십 냥이라면서 화용군에게 선심이라도 쓰듯이 내어준 것이다.

제대로 하자면 송 대이는 화수혜 몫으로 은자 백만 냥은 내놓아야 할 것이다.

누나는 화용군이 백학무숙에 들어간 줄로만 철썩 같이 믿고 있을 것이다.

백학무숙은 한 번 들어가면 오 년 후에는 반드시 수료를 하고, 제남에서 남경까지 오는 데 아무리 늦어도 한 달이면 충분하거늘, 누나의 성격으로 봤을 때 그때가 돼도 오지 않는 동생 때문에 물 한 모금 제대로 마시지 못하고 안절부절 걱정했을 것이다.

"누나……."

그는 망연자실 먼 하늘을 바라보며 중얼거리다가 눈물이 왈칵 쏟아지려는 것을 간신히 참았다.

이런 곳에 주저앉아서 울고 있는 것은 아무런 도움이 되지 못한다.

누나가 더 이상 남경에 없다는 것은 분명하다. 그러므로 그가 이곳에 있을 이유가 없다.

그렇지만 그는 서둘러 남경을 떠나려다가 육촌 동생들인 화영훈 남매가 생각났다.

무강현의 다리 아래에서 거지처럼 비럭질을 하면서 살고 있던 그들에게 은자 이십 냥을 주면서 남경에 가서 기다리라고 말한 사람이 바로 화용군이었다.

육 년 전에 그와 누나가 잠시나마 몸을 의탁한 덕분에 목숨을 구할 수 있었던 오촌 댁의 살아남은 아이들이다.

행복하게 살고 있던 그들은 마른하늘에 날벼락처럼 화용군 부친의 친척이라는 이유 때문에 아무런 잘못도 없이 멸문지화를 당하고 말았었다.

그러니 화용군이 그들을 모른 체 내버려 두고 가는 것은 도리가 아닌 것이다.

이렇게 찌는 듯이 무더운 날에 그들을 고향도 아닌 외지에 버려두고 간다면, 은자 이십 냥이 다 떨어지고 나서 십중팔구 또다시 비럭질을 하는 신세가 되고 말 것이다.

남경 성내는 생각했던 것보다 훨씬 넓었다.

화용군은 남경 성내에 대해서는 딱히 아는 곳이 없어서 화영훈들에게 그냥 남경 아무 데나 가 있으라고 했는데 막상 찾으려고 보니까 넓은 백사장에서 바늘 세 개를 찾는 것처럼 어려웠다.

한시바삐 누나를 찾으러 가야 하는 터라서 마음은 급한 데다가 화영훈 등은 어디에 있는 것인지 코빼기도 보이지 않아서 답답하기 그지없다.

더구나 여름 한낮의 날씨가 얼마나 더운지 땅 전체가 뜨거운 솥단지처럼 푹푹 쪄서 말 위에 앉아 있는 그의 온몸은 땀에 흠뻑 젖었다.

화영훈 등이 어디에 있는지도 모르는 상황에 가가호호 일일이 물어보면서 다닐 수도 없는 일이다.

그래서 궁여지책으로 생각해 낸 방법이 말을 타고 성내 거리 곳곳을 누비면서 방갓을 깊이 눌러쓴 자신의 모습을 일부러 내보이고 다니는 것이었다.

자신이 화영훈들을 찾아내는 것보다 그들이 자신의 모습을 발견하는 것이 더 빠를 것 같기 때문이다.

*　　*　　*

한 소녀가 긴 속눈썹 아래의 추수(秋水)처럼 서늘한 눈으로 한 곳을 뚫어지게 응시하고 있다.

호수 위에 세워진 정자 아래에 앉아 있는 그녀가 응시하고 있는 것은 호수의 하늘빛 수면이다.

　미풍에 잔물결이 일렁이면서 햇빛에 반짝이는 수면이 눈이 부실 텐데도 그녀는 눈도 깜빡이지 않고 또한 움직이지도 않으면서 한 폭의 그림처럼 고요히 앉아 있다.

　그러나 고금(古今)을 막론하고 가장 잘 그렸다는 미인도(美人圖)라고 해도 지금 소녀가 보여주고 있는 자태에 견줄 수는 없을 터이다.

　백옥처럼 새하얗고 윤기 있는 매끄러운 살결에 긴 머리를 머리 위로 틀어 올렸으며, 위아래 붉은 비단 경장을 입은 모습은 살아 있는 인간이 아닌 것만 같았다.

　"휴우……."

　이윽고 소녀는 긴 한숨을 내쉬면서 손에 쥐고 있는 찻잔을 입으로 가져갔다.

　그냥 무의식적인 행동일 따름이지 다 식어버린 차를 마시려는 것이 아니다.

　무슨 일에 몰두해 있을 때를 제외하고 혼자이거나 한가할 때면 늘 그녀의 뇌리에서 떠나지 않는 생각, 아니, 한 사람이 있는데, 지금도 어김없이 그 사람에 대해서 생각하고 있는 중이다.

　"소저."

측면에서 부르는 소리에 돌아보니 호숫가에서 정자까지 뻗은 운교(雲橋)를 나는 듯이 달려오는 한 소녀가 있다.

"소식 들으셨습니까?"

무더운 한여름인데도 보기만 해도 답답한 흑의 경장만을 고집하는 이십오 세의 측근 호위무사 북월(北月)이다.

"무슨 소식 말이냐?"

"주고후가 죽었답니다."

"뭐야?"

소녀는 크게 놀라는 얼굴로 물었다.

"그게 정말이냐?"

"그것 때문에 세상이 발칵 뒤집혔습니다."

딸깍…….

소녀는 찻잔을 내려놓았다.

"흉수는 잡혔느냐?"

"아닙니다."

호위무사 북월은 소녀를 최측근에서 그림자처럼 모시면서 숙식을 함께하면서도 언제나 딱딱한 언행을 유지한다. 그녀에게선 친밀감 같은 것은 찾아보기 어렵다.

소녀는 북월의 표정이 평소보다 더 딱딱하게 굳어 있는 것을 보고는 뭔가 심상치 않음을 느꼈다. 그녀는 웬만해서는 지금 같은 모습을 보이지 않기 때문이다.

"무슨 일인지 말해라."

"흉수는 잡히지 않았으나 누군지는 밝혀졌습니다."

"누구냐?"

소녀는 주고후에게는 큰 관심이 없다. 아니, 사람이 죽었다는데 이런 기분이 드는 것은 좀 안 된 일이지만, 그의 죽음이 속 시원하게 느껴지는 것이 어쩔 수가 없다.

주고후는 부인에 첩이 세 명까지 있는 몸이면서도 틈만 나면 소녀를 찾아와서 능글맞게 껄떡거렸었다. 그러니 소녀가 그의 죽음을 시원하게 여기는 것이 이해하지 못할 일은 아니다.

그렇지만 남천문의 소문주이며 당금 황제의 친조카인 왕자가 살해당했다는 사실은 필경 평범한 사건이 아니기에 소녀는 적잖이 긴장했다.

이윽고 북월의 입에서 흉수의 이름이 그녀의 표정보다 더 단단하게 흘러나왔다.

"흉수의 이름이 화용군이라고 합니다."

"……."

순간 아리따운 소녀의 얼굴을 흡사 태풍 같은 경악지색이 할퀴고 지나갔다.

얼마나 놀랐으면 원래 큰 두 눈을 동그랗게 크게 뜨고 입을 벙긋거릴 뿐 말을 하지 못했다.

"틀림없이 화용군이라고 했습니다."

북월은 소녀가 틀림없느냐고 확인할 것을 예상하여 한 번 더 또렷하게 말해주었다.

소녀의 얼굴에는 복잡한 표정이 떠올랐다. 기쁘면서도 걱정스러운 표정이다.

지난 육 년여 동안 그토록 찾아 헤맸던 사람을 이제야 찾게 되어서 기쁘고, 그 사람이 주고후를 죽였다는 사실에 걱정이 앞서는 것이다.

북월은 매사에 백무일실(百無一失) 추호의 착오도 없는 완벽주의 성격이다.

그러므로 그녀가 이렇게 말할 때에는 어디에선가 주워들은 소문을 그대로 전하는 것이 아니라 자기 나름대로 여기저기 알아보고 나서 확실한 정보를 전하는 것이다.

"속하가 알아본 바에 의하면 주고후를 죽인 화용군의 나이는 올해 십팔 세이고 불과 하루 전에 항주 성내에서 주고후를 비롯하여 남천문 백호전주 마궁평과 백호전 휘하 수석단주 우경도라는 자까지 죽였다고 합니다."

소녀는 마치 누군가 두 손으로 힘껏 목을 조르는 것처럼 숨을 쉬지 못하고 커다랗게 뜬 눈만 깜빡거리고 있다.

"소저."

탁!

보다 못한 북월이 그녀의 등을 가볍게 두드렸다.

"하아……."

얼마나 큰 충격을 받았는지 그녀는 비로소 막혔던 숨이 뚫리며 크게 한숨을 토해냈다.

이 나이 또래의 소녀들은 대부분 머리를 땋거나 한 갈래 혹은 두 갈래로 묶어서 길게 늘어뜨리는데, 소녀는 특이하게도 혼인을 한 유부녀들이 즐겨 하는 방식, 즉 머리를 틀어 올려서 비녀를 꽂고 있다.

탐스러운 흑발을 틀어 올려서 그 가운데 멋스러운 붉은색의 옥비녀, 즉 홍옥잠을 꽂고 있는 그녀는 강소성에서 미명(美名)을 떨치고 있는 검가인 유진이다.

"하아… 그가… 무엇 때문에 주고후와 그들을 죽였는지는 알아냈느냐?"

유진은 몹시 긴장한 얼굴로 그러나 긴장하면 긴장한 대로 극적인 아름다움을 발산하는 자태를 풍기면서 초조하게 물었다.

"알아냈습니다."

"무엇이더냐?"

그렇게 묻는 유진의 머릿속에는 육 년 전 자신과 끊으려야 끊을 수 없는 인연을 맺었던 한 소년의 모습이 생생하게 각인되어 있었다.

그때 그 소년은 비루먹은 강아지처럼 볼품이 없고 초라했으며 키는 그녀보다도 훨씬 작았고 체구는 깡마르고 몹시 여위었었다.

"소저께선 혹시 육 년 전에 있었던 '애새아비아탈취사건'이라고 들어보셨습니까?"

"물론이야. 그 사건 때문에 수천 명이나 처형을 당했는데 어찌 모르겠느냐?"

"남천문의 교역선이 애새아비아(이디오피아)에서 열 개 상자분의 진귀한 보석을 들여왔는데, 그것이 동명왕 역모 사건의 군자금으로 쓰이기 위해 중간에서 빼돌려졌다가 증발한 사건이 바로 애새아비아탈취사건입니다."

"알고 있다."

북월은 숨이 차지도 않으면서 말의 완급을 조절하기 위하여 한 차례 숨을 돌리고 나서 말을 이었다.

"남천문 청룡전은 삼십여 대의 교역선으로 해외 교역을 담당하고 있었는데, 청룡전주 휘하의 이 단주 화우현이라는 사람의 감독하에 있었던 열 척 중에 한 척이 애새아비아에서 열 개의 보석 상자를 싣고 왔습니다."

"화우현……"

왠지 불길함이 어둠처럼 유진의 가슴을 짓눌렀다.

"청룡전주 한형록과 이 단주 화우현이 애새아비아탈취사

건의 주범으로 지목됐었으며, 화용군은 바로 화우현의 아들입니다."

"아아……."

유진은 육 년 전의 화용군의 모습과 행색을 떠올렸다. 그당시 그는 자신의 신세에 대해서는 한마디도 하지 않았었지만 유진은 그가 누군가에게 쫓기는 것처럼 초조했으며 눈빛과 표정에서 잔뜩 억누르고 있는 분노와 절망을 동시에 느낄수 있었다.

유진은 자신이 알고 있는 화용군과 주고후를 죽인 화용군이 동일인물일 것이라고 믿었다. 나이며 여러 정황으로 봤을때 그가 분명하다.

"남천문에서는 화용군을 잡으려고 혈안이 되었으며 절강성과 강소성의 관을 동원하여 천라지망(天羅之網)을 쳐놓은상황입니다."

"어떻게 하지……?"

유진은 자신도 모르는 사이에 의자에서 일어나 어쩔 줄 모르고 허둥거렸다.

북월은 유진을 육 년 동안 모셨으나 그녀가 이처럼 정신을못 차리고 허둥대는 모습은 처음 보았다.

유진은 언제나 단정하고 현숙하며 얼음처럼 냉정한 이성을 지니고 있어서 천지개벽이 벌어져도 냉정을 잃지 않을 것처럼 보였었다.

그도 그럴 것이, 화용군이 주고후 등을 죽였다면 남천문이, 아니, 대명제국의 관이 전력으로 그를 추격할 텐데 그녀로서 어떻게 해야 할지 갈피를 잡기 어려웠다.

화용군이 붙잡힌다는 것은 상상하는 것만으로도 공포스러웠다. 그러기 전에 무슨 일이 있어도 그녀가 그를 먼저 발견해야만 한다.

"속하가 그를 찾아보겠습니다."

"나도 같이 가자."

북월의 말에 유진은 벌써 운교 위를 달려가고 있었다.

제15장

시체의 산(屍山) 피의 바다(血海)

　화영훈 삼 남매는 무강현에서 남경으로 오고 나서 이틀 동
안 내내 객잔에만 머물러 있었다.

　태어나서 무강현을 벗어난 적이 없었던 그들은 남경이 객
지이기 때문에 무서웠던 것이다.

　세 사람은 하루에 두 끼 식사를 할 때만 객잔을 나와 근처
에서 아무 거나 대충 허겁지겁 먹고는 다시 객잔으로 돌아가
서 줄기차게 화용군을 기다렸다.

　자신들이 어디에 있든지 화용군이라면 반드시 찾아낼 것
이라고 믿었다.

지금도 삼 남매는 늦은 아침 겸 점심식사를 근처 주루에서 때우고 서둘러 객잔으로 돌아가는 중이다.

이들은 무강현에서 화용군이 사준 옷을 입었으며 그가 준 은자 이십 냥 중에 겨우 두 냥밖에 쓰지 않았다.

무강현에서 남경까지는 걸어서 왔으며, 하루에 구리돈 닷 냥짜리 객잔에서 묶었고, 각전(角錢) 몇 푼짜리 식사를 배불리 먹은 것 외에는 일체 돈을 쓰지 않았다.

다행히 화용군을 만날 수 있을 것이라고 믿었으나 만일의 경우 만나지 못했을 때를 대비하여 최대한 돈을 아끼려는 의도에서다.

"이봐, 너희들."

"히익?"

"어맛?"

주위를 두리번거리면서 이십여 장 거리의 객잔으로 부리나케 돌아가고 있는 삼 남매는 느닷없이 앞을 가로막는 덩치 큰 거지 때문에 소스라치게 놀랐다.

버썩 얼어붙은 삼 남매는 자신들의 앞에 우뚝 서서 손가락으로 콧구멍을 후비면서 쭉 찢어진 눈을 게슴츠레 뜨고 있는 거지를 쳐다보았다.

"킁!"

거지는 콧구멍에서 손가락을 빼더니 엄지손가락으로 한쪽

코를 눌러서 막고 다른 콧구멍으로 콧바람을 세게 뿜어내서 코를 풀면서 누런 콧물과 함께 코딱지를 밖으로 한꺼번에 쏟아냈다.

그러고 나서는 손에 묻은 코를 화영훈의 누나 화선의 앞섶 옷자락에 슥슥 문지르면서 물었다.

"너희들 어디에서 왔느냐?"

"아아……."

십육 세의 화선은 거지가 자신의 옷에 코를 닦는데도 더럽다는 생각은 추호도 하지 못하고 겁에 질려서 몸을 바르르 떨었다.

삼 남매의 안색이 하얗게 질려 버렸다. 자신들의 앞에 마치 먹잇감을 놓고 게으른 장난을 치는 고양이 같은 거지가 누구라는 것을 짐작하기 때문이다.

삼 남매는 무강현에서 비럭질을 할 때 거리의 무법자이며 악랄한 실력자이고 피도 눈물도 없는 약탈자인 개방 제자(丐幇弟子)를 숱하게 봤었다.

무강현에는 개방 무강분타라는 것이 존재했으며, 거기에는 이십여 명 남짓한 개방 제자가 상주하고 있었다.

개방 무강분타의 개방 제자들에게는 어느 누구도 함부로 대하지 못했었다.

그들은 비록 거지 행색이지만 관의 포리들이나 무강현 내의 여러 방파와 문파의 무사들조차도 개방 제자라면 무조건 한 발 뒤로 물러나서 양보했다.

화영훈 삼 남매는 가문이 멸문한 이후 육 년여 동안 통진교 다리 아래에 움막을 쳐놓고 비럭질로 연명을 하면서 개방 제 자들이 얼마나 굉장하고 또 무서운 존재들인지 뼛속 깊이 너무도 분명하게 경험했었다.

통진교의 거지들에겐 개방 제자들이 저승사자이며 또한 황제이기도 했었다.

지금 삼 남매 앞에 서서 거들먹거리고 있는 거지의 행색과 행동거지는 무강현의 개방 제자들하고 빼다가 박은 것처럼 똑같았다.

삼 남매는 개방이 뭔지 얼마나 큰지 무엇을 하는 곳인지 전혀 모른다. 다만 공포 그 자체라고만 알고 있다.

"우… 우린… 무강현에서 왔습니다."

화영훈이 겁에 질려서 이 더운 한여름 대낮에 이빨을 마주 치면서 간신히 대답했다.

화영훈은 통진교에서 개방 제자들에게 거짓말을 하다가 치도곤을 당한 많은 사람을 봐왔기 때문에 지금 눈앞의 개방 제자가 무엇을 묻더라도 이실직고 대답할 마음의 준비가 되어 있다.

"흠, 무강현에서 남경에는 무엇 하러 왔느냐?"

거지는 이미 다 알고 있으니까 거짓말을 하면 죽을 줄 알라는 듯한 표정을 지으며 물었다.

사실 이 거지는 개방 남경분타의 최하 밑바닥 백의개(白衣丐) 중에 한 명이다.

그의 상의가 기운 자국이 하나도 없이 깨끗한 것을 보면 알 수 있다.

사실 그는 평소에 잘 알고 지내는 하오문에서 점심식사를 배불리 얻어먹은 후에, 자꾸만 감기려는 식곤증을 물리치려고 애쓰면서 어슬렁거리며 자신의 구역으로 돌아가고 있는 중이었다.

그런 그의 눈에 띈 화영훈 삼 남매의 어색한 행동거지는 충분히 이상해서 그의 식곤증을 달아나게 만들었다.

"유… 육촌 형을 만나러 왔습니다……."

화영훈이 벌벌 떨면서 하는 대답을 들을 즈음 백의개는 자신이 잘못 짚었다고 생각했다.

깡마른 소년소녀들이 남경에 친척 형을 만나러 온 것이 수상할 것은 없는 것이다.

그래도 기왕지사 찔러본 감이니 한 번 더 찔러보기로 하고 입이 찢어지도록 하품을 하면서 발끝으로 화영훈의 정강이를 툭툭 가볍게 찼다.

"육촌 형이 어디에 사는 누구냐?"

"어… 디에 사는지는 모릅니다… 그렇지만 육촌 형 이름은 화용군입니다."

과연 백의개는 잘못 짚었다. 그의 육감은 워낙 잘 빗나가는데 오늘이라고 다를 게 없다. 그래서 더 붙잡고 물어봐야 입만 아플 것 같아서 그는 손짓으로 그만 가보라는 시늉을 해 보였다.

지옥에서 벗어난 듯 삼 남매가 서둘러 꾸벅 허리를 굽히고 가는 뒷모습을 보면서 백의개는 다시 손가락으로 콧구멍을 쑤셨다. 아까는 오른손 새끼손가락이었고 이번에는 왼손 새끼손가락이다.

"빌어먹을… 화용군이 뭐하는 놈… 헛?"

투덜거리던 그는 뭔가 번쩍 떠오르는 것이 있어서 화들짝 놀라며 새끼손가락을 콧구멍에 쑤셔 넣은 상태에서 동작을 뚝 멈추었다.

"화용군?"

그는 불에 덴 듯 급히 화영훈 남매를 뒤쫓았다.

"이, 이봐! 너희들!"

이어서 잔뜩 겁먹은 얼굴로 돌아보는 화영훈의 팔을 움켜잡고 캐물었다.

"너희가 만나려는 사람이 화용군이냐?"

"그… 렇습니다."

화영훈 삼 남매는 항주에서 벌어진 살인사건에 대해서 까맣게 모르고 있다.

백의개는 바짝 긴장해서 입술에 침을 묻혔다.

"그… 그러니까 화용군이 몇 살이냐?"

"십팔 세입니다."

화영훈은 백의개가 꼬치꼬치 캐묻자 조금 의심이 들기 시작했다.

백의개는 자신이 주워들은 정보를 생각해 내느라 잔뜩 이맛살을 찌푸렸다.

"화용군 집이 원래 항주지?"

"그런데… 그건 왜 물으십니까?"

"화용군 아버지 이름이 뭐냐?"

"그건……."

콱!

"컥!"

"훈아!"

"꺄악! 오라버니!"

"화용군 아버지 이름이 뭐냐고 이 자식아!"

백의개가 멱살을 움켜잡고 흔들자 화영훈은 금방이라도 죽을 것처럼 얼굴이 시뻘겋게 달아올랐고 누나와 여동생이 비명을 질렀다.

"끄으윽… 화우… 현입니다…….."

"뭐라고 그랬느냐?"

"끄으으… 화우현입니다."

백의개가 멱살을 잡은 손에 힘을 조금 풀자 화영훈은 간신히 대답했다.

확인을 마친 백의개는 마른 침을 삼키며 붉게 충혈이 된 눈을 번들거렸다.

"그는 지금 어디에 있느냐?"

"모… 릅니다."

"이 자식이 죽고 싶으냐?"

"저… 정말 모릅니다… 우리더러 이곳에 가 있으면 형님이 찾아오겠다고 말했습니다… 정말입니다…….."

"흠… 그래?"

백의개는 개방 남경분타 백오십 명의 개방 제자 중에서 최하 말단 중에서도 말단이지만, 개방의 강소성과 절강성에 있는 모든 개방분타가 혈안이 되어 화용군을 찾고 있다는 사실을 잘 알고 있다.

이 백의개는 개방에 입방한 지 아직 삼 년밖에 안 돼서 제자명(弟子名)조차 받지 못한 탓에 아직도 본명인 광통(珖通)이라는 본명을 사용하는 신출내기다.

그런 그가 만약 화용군을 찾아내기만 한다면 엄청난 공을 세우는 것이라서 상상하는 것만으로도 심장이 미친 듯이 두 근거렸다.

"그렇다면 화용군이 너희를 찾아올 것이라는 말이냐?"

백의개 광통은 화용군이 어떤 존재이고 그가 무슨 일을 했는지에 대해서는 추호도 관심이 없다. 오로지 공을 세우겠다는 일념뿐이다.

"그… 렇습니다……."

"좋아. 그렇다면 지금부터 너희들은 나를 따라오너라."

"저… 저희는… 그럴 수 없습니다."

"죽고 싶으냐?"

그때 거리 쪽에서 한여름 대낮인데도 긴 소매 흑의 경장을 입고 어깨에 한 자루 장검을 멘 키가 큰 여자 한 명이 말고삐를 잡고 이쪽으로 성큼성큼 걸어왔다.

그것을 발견한 광통은 조마조마한 표정으로 입을 다물고 그녀가 다가오는 것을 쳐다보았다.

그는 자신에게 찾아온 엄청난 행운이 조금 멀어지는 불길한 예감을 받았다.

가까이 다가온 흑의녀는 광통은 안중에도 없는 듯 화영훈 삼 남매에게 딱딱한 어조로 말했다.

"당신들은 나를 따라오시오."

흑의녀는 말을 타고 가다가 이곳에서 벌어지는 광경을 보고 듣고는 마침내 다가온 것이다.

　삼 남매는 흑의녀와 광통을 번갈아 보면서 어쩔 줄을 몰라
얼굴이 사색이 되었다.

　"저기요……."

　광통은 용기를 내서 조심스럽게 흑의녀를 불렀다.

　"뭐냐?"

　'흭?'

　흑의녀가 냉랭한 얼굴로 돌아보며 그보다 더 싸늘하고 딱
딱한 말투로 말하자 광통은 하마터면 비명을 지를 뻔할 정도
로 혀가 목구멍 속으로 말려 들어갔다.

　그는 흑의녀를 본 적이 없지만 본능적으로 대단한 신분이
거나 실력자일 것이라고 직감했다.

　아무리 그렇다고 해도 입안에 들어와 삼키기 직전의 먹잇
감을 토해내기에는 그의 욕심이 지나치게 컸다. 해서 배에 불
끈 힘을 주고 제 딴에는 생전 처음 죽을 각오로 용기를 내보
았다.

　"험! 이 아이들은 내 친구들이오!"

　흑의녀는 삼 남매에게 물었다.

　"그렇소?"

　삼 남매는 보일 말 듯 그러나 분명하게 고개를 가로저었다.

　"봤느냐?"

광통은 삼 남매가 고개를 가로젓는 것을 보았으나 이대로 물러서는 것이 너무 아까워서 우겨보기로 했다.

"대답을 하지 않았잖소."

퍽!

"꾸악!"

원래 인내심 같은 것이 그다지 깊지 않은 흑의녀로서는 많이 참고 있었기에 그대로 발을 내질러 광통의 복부를 걷어찼다.

광통은 돼지 멱따는 비명을 지르며 붕 날아가서 거리 한가운데 내동댕이쳐졌다.

"끄으으……."

광통은 몸이 상체와 하체로 분리된 것 같은 극심한 고통을 맛보면서 두 손으로 배를 끌어안고 땅바닥에 쓰러진 채 흑의녀를 쳐다보았다.

그가 지금 뭐라고 한마디 더 한다면 흑의녀가 그를 죽일 것만 같아서 입을 꾹 다물고 있다.

이래서 객기는 부리면 안 되는 것이다. 첫눈에 실력자로 보이는 사람 앞에서 함부로 까불다간 영락없이 이런 꼴이 되는 것이다.

다각다각…….

"북월, 무슨 일이냐?"

그때 쓰러져 있는 광통의 뒤쪽에서 말발굽 소리가 나며 천상의 옥음 같은 소녀의 영롱한 목소리가 들렸다. 지금처럼 찌는 듯한 무더위 속에서 그녀의 목소리는 시원한 소나기처럼 싱그러웠다.

그렇지만 광통은 소녀가 방금 말한 '북월'이라는 이름 때문에 제 정신이 아니다.

'부… 북월이라고?'

남경 성내에서 무술이 가장 뛰어난 사람 열 명을 꼽으라면 거기에 북월이라는 이름이 들어가고, 또한 가장 잔인한 열 명을 꼽으라고 해도 그 이름이 들어간다.

그런 사실을 천하의 정보통 개방의 백의개가 듣지 못했을 리가 없다.

그는 저만치 화영훈 삼 남매 옆에 서서 한쪽 방향을 향해 공손한 자세를 취하고 있는 흑의녀 북월을 쳐다보면서 턱을 덜덜 떨었다.

'으흐흐……'

이제 생각하니까 북월이 그의 배를 내지른 것이 얼마나 고마운지 모를 일이다.

소문대로라면 머리통을 부수든가 목을 잘라 버려도 할 말이 없는 상황이었다.

"소저, 이분들이 화 상공을 잘 안다고 합니다."

북월은 말을 타고 다가온 유진에게 공손하게 아뢰었다.

유진은 화용군을 찾으려고 북월과 함께 수십 명의 무사를 이끌고 성내에 나왔었다.

하지만 별다른 성과가 없자 각자 흩어져서 이리저리 알아보던 중에 북월을 발견한 것이다.

'마… 맙소사… 검가인이라니…….'

광통은 북월에게 인사를 받는 마상의 소녀가 남경에서 가장 유명한 검가인 유진이라는 것을 한눈에 알아보고는 머릿속이 온통 폭발할 정도로 혼비백산했다.

화영훈과 두 자매는 마상의 유진을 보고는 절색의 미모와 지닌바 고결한 품위에 넋이 나가 버렸다.

유진은 기대 어린 표정으로 삼 남매를 굽어보며 물었다.

"그대들은 화용군과 어떤 사인가요?"

삼 남매가 쭈뼛거리면서 대답을 하지 않자 유진은 부드러운 미소를 지었다.

"소녀는 그와 잘 아는 사이니까 어려워하지 말아요."

"정… 말입니까?"

화영훈이 미심쩍은 표정으로 물었다.

"소녀는 그에게 누나가 있으며 그녀의 이름이 화수혜라고 알고 있어요. 틀렸나요?"

"아… 맞습니다."

유진의 말에 삼 남매는 그제야 긴장을 풀었다.

유진은 말에서 내려 삼 남매에게 친절하게 권했다.

"소녀와 함께 저희 집에 가지 않겠어요?"

삼 남매가 서로의 얼굴을 본 후에 고개를 끄떡이자 유진이 이번에는 길바닥에 쓰러져 있는 광통을 쳐다보았다.

"너는 개방 제자냐?"

"으헉! 그, 그렇습니다. 소저……."

광통은 복부의 고통도 잊고 다급하게 부복했다.

"분타주더러 내게 좀 오라고 전해라."

"알겠습니다."

광통은 얼굴에 흙이 묻는지도 모르고 흙바닥에 얼굴을 처박았다.

유진은 삼 남매에게 부드러운 미소를 지었다.

"자, 우린 가요."

화용군은 두 시진 동안이나 남경 성내 곳곳을 돌아다녔으나 화영훈 삼 남매를 찾지 못하여 이제 그만 떠나야겠다고 생각했다.

무강현에서 비럭질을 하고 있는 그들에게 은자라도 이십 냥 주었으니까 이대로 떠난다고 해도 그나마 어느 정도 위안이 되었다.

그의 머릿속에는 온통 누나 화수혜에 대한 걱정이 가득 차 있으므로 한시바삐 그녀를 찾으러 떠나지 않으면 속이 뒤집혀서 미쳐 버릴 것만 같았다.

그런데 길 한복판에 웬 거지가 한 명 땅바닥에 주저앉아 있어서 말이 그 앞에 멈추었다.

거지는 오만상을 쓰고 자신의 배를 쓰다듬고 있다가 자신의 앞에 말이 멈추자 벌떡 통기듯이 일어서며 발악을 하듯 소리쳤다.

"어떤 우라질 새끼가……."

그러나 그는 마상에 꼿꼿하게 앉아서 무심한 얼굴로 자신을 내려다보고 있는 저승사자 같은 잘생긴 소년 무사를 발견하고는 간이 좁쌀만 하게 오그라들었다.

"뭐냐?"

저승사자가 목소리의 고저 없이 무미건조하게 묻자 오늘 우라지게 재수가 없는 백의개 광통은 또다시 바닥에 온몸을 내던졌다.

쿵!

"죽을죄를 졌습니다! 용서하십시오! 나리!"

*　　　　*　　　　*

화용군은 사부 단운택에게 중추절 전에는 반드시 돌아오겠다고 약속했었는데 약속한 것보다 한 달이나 일찍 제남에 돌아왔다.

늦은 오후 무렵에 대명호에 당도한 그는 말을 타고 송림 속으로 들어갔다가 구주무관으로 향하는 산길로 올랐다.

예전에 이 길은 좁고 구불구불했었으나 생도가 많이 들어오면서 길을 넓히고 곧바로 펴서 이제는 마차나 수레도 올라갈 수 있을 정도가 되었다.

생도가 많아진 탓에 새로운 구주무관을 좋은 장소에 짓고 있으니까 그게 완성되면 이제 이 길을 오를 일도 없을 것이라는 생각을 하니 격세지감이 느껴졌다.

다각다각…….

산을 다 올라온 그는 구주무관의 전문으로 향했다.

그는 육 년여 동안 하루도 떨어져서 지낸 적이 없었던 사부와 단소예, 진무곤, 도비효 등 네 사람과 정이 듬뿍 들었나 보다.

사십여 일 동안이나 떨어져 있다 보니까 그들이 무척이나 보고 싶어졌다.

그리고 자신이 가르치고 있는 생도 삼십칠 명 개개인하고도 어느 정도 정이 들었다.

그런데 전문 가까이 다가간 화용군은 뭔가 이상한 생각이

들었다. 지금은 늦은 오후 무렵인데도 구주무관의 전문이 굳게 닫혀 있고 안에서는 아무런 소리도 들리지 않았다.

지금 이 시간이면 생도들이 한창 수련을 하고 있어야 하고 또 낮에는 전문을 활짝 열어두고 일몰(日沒)이 되면 전문을 닫는 것이 규칙이다.

뭔가 심상치 않음을 느낀 그는 말에서 내려 전문으로 다가가 손으로 밀었으나 굳게 닫혀서 열리지 않았다.

휙!

그는 번쩍 신형을 날려 단번에 일 장 높이의 담을 날아 넘어 안으로 들어갔다.

넓은 마당에는 아무도 없다. 대낮인데도 을씨년스러운 기운이 감돌았다.

그는 마당을 가로질러 전면에 위치한 전각의 오른쪽으로 달려갔다.

앞쪽 큰 마당보다는 뒤쪽의 연무장에서 생도들이 수련을 하기 때문이다.

하지만 수련을 할 때 의례히 터져 나오는 기합 소리나 거친 숨소리는 물론이고 아무런 인기척조차 없어서 화용군을 초조하게 만들었다.

그가 전각의 측면에 이르렀을 때 전방에서부터 한 줄기 바람이 불어왔다.

사아아…….

"헛?"

그런데 그 바람에 역한 냄새가 짙게 섞여 있었다. 그리고 그것이 피비린내라는 사실을 깨닫고 그는 크게 놀라 그 자리에 우뚝 멈췄다.

"피비린내라니… 어째서……."

구주무관에서 피비린내가 이처럼 역하게 진동할 리가 없다. 이때까지도 그는 잠시 후에 알게 될 엄청난 사건에 대해서는 상상조차도 하지 못했다.

'돼지라도 잡는 것인가?'

제일 먼저 생각나는 것이 단순하게 그거였다. 예전에도 몇 달에 한 번씩 무관 내에서 돼지나 소를 몇 마리 잡아서 모든 생도들이 배불리 먹고 마시면서 성대히 연회를 베풀었던 적이 있었다.

젊은 사람들은 고기를 많이 먹어야지만 힘을 쓸 수 있다는 사부의 지론 덕분이었다.

그렇다고 해도 이것은 뭔가 이상했다. 돼지나 소를 잡으면 생도들이 왁자하고 떠들썩해야 하는데 쥐 죽은 듯이 조용하지 않은가.

휘익!

길게 생각할 것 없이 화용군은 다시 내달리기 시작했으며 곧 전각 모퉁이를 돌아 구주무관에서 연무장으로 사용하는 두 번째 마당에 당도했다.

"……."

그는 다시 걸음을 멈추고는 자신의 눈을 의심했다. 연무장에 벌어져 있는 광경에 그는 눈을 찢어질 듯이 부릅뜨고 입을 크게 벌린 채 그 자리에서 움직이지 못했다.

연무장 여기저기에 사람들이 아무렇게나 어지럽게 널브러져 있는데 그 수가 십여 명에 달했으며 하나같이 구주무관 소속의 생도다.

그런데 한눈에 보기에도 모두 피를 흘리면서 쓰러져 있는 광경이다. 죽은 것이다.

그들이 입고 있는 옷은 소매가 없는 흰색 상의에 허벅지에 이르는 짧은 바지다.

그것은 구주무관 생도들이 여름에 수련을 하거나 일상생활을 할 때의 복장이다.

그때 화용군은 깜짝 놀랐다. 까마귀들이 몇 구의 시체 주위에 새카맣게 내려앉아서 시체를 파먹고 있는 광경을 발견한 것이다.

뿐만 아니라 들개인지 승냥이인지 모를 산짐승 서너 마리도 시체에 달라붙어서 서로 그르렁거리면서 게걸스럽게 뜯어먹고 있었다.

"휘이! 꺼져라 이놈들아!"

그가 앞으로 달려가면서 두 손을 마구 휘젓자 까마귀들이 하늘로 날아오르고 짐승들이 슬금슬금 물러나는데 그중 두 마리는 시체의 팔 하나와 내장을 입에 가득 물고 땅에 피를 줄줄 흘리면서 그의 눈치를 살폈다.

쉐엥!

"이놈 새끼들!"

그는 팔을 물고 있는 짐승을 향해 오른팔을 뻗어 야차도를 발출했다.

야차도가 뒤돌아보는 한 마리 짐승의 대가리를 꿰뚫자 컹! 하는 소리를 내더니 잠시 비틀거리다가 옆으로 픽 하고 쓰러졌다.

그는 야차도를 거두고 비틀거리는 걸음으로 가장 가까운 곳에 엎어져 있는 시체에게 다가갔다.

"이럴 수가 없다… 이건 뭔가 잘못됐어…….."

그런데 가까이 다가갈수록 숨을 쉬기 어려울 정도로 역겨운 악취가 짙게 풍겼다.

시체가 이미 썩고 있는 것이다. 죽은 지 얼마가 지나야지만 시체가 썩는 것인지는 모르지만 몇 시진 만에 썩는 것은 아닌 것 같았다.

그렇다면 이 일은 최소한 하루나 이틀 혹은 며칠 전에 벌어졌다는 뜻이다.

시체에는 짐승이 뜯어먹었는지 까마귀가 쪼아 먹었는지 모를 구멍이 여기저기에 움푹 파여져 있는데 거기에 구더기 떼가 바글바글 들끓고 있는 것을 발견했다.

그렇지만 더럽다거나 역겹다는 생각은 추호도 들지 않았다. 그리고 보니까 악취도 느껴지지 않았다. 그저 정신이 하나도 없으며 알 수 없는 분노만 느낄 뿐이다. 그는 부릅뜬 눈으로 시체를 뒤집었다.

턱!

얼굴이 썩어 문드러지기 시작했으며 썩은 생선 눈처럼 희멀건 모습이지만, 화용군으로서는 잘 알고 있는 사형 도비효가 가르치는 생도의 얼굴이 거기에 사자(死者)의 모습으로 누워 있었다.

"어째서 이런 일이……."

그는 여기저기 뛰어다니면서 시체들을 살펴봤다. 시체는 모두 열두 구이며 하나같이 생도들이었다.

또한 모두 손에 목검을 쥐고 있거나 주변에 목검이 떨어져 있는 것으로 미루어 수련 중에 당한 듯했다.

그리고 목이 잘렸거나 미간이나 얼굴 한복판, 심장 등 급소를 찔린 상태였다.

그런 걸로 봐서는 침입자가 생도들보다 훨씬 고강하다는

것을 짐작할 수 있다.

화용군은 여기에서 지체할 수 없다고 생각했다. 다른 사람들, 특히 사부와 단소예, 그리고 두 사형의 안위가 무엇보다도 걱정됐다.

연무장에 생도들이 죽어 있다면 사부나 단소예, 사형들도 무사하지 못할 것이라는 불길한 예감이 들었다.

그는 연무장을 지나 사부의 거처를 향해 점점 이성을 잃어가면서 미친 듯이 질주했다.

사부는 침상에 누워서 꼼짝도 하지 못하는 신세지만 단소예와 진무곤, 도비효는 구주무관의 사범으로서 일류고수에 속하는 실력이다.

그런데 그들이 버젓이 버티고 있는데도 누군가 침입하여 생도들을 무참히 죽였다는 것은, 단소예와 사형들에게 무슨 일이 있다는 뜻이다. 그들이 두 눈 뻔히 뜨고 당하지는 않았을 테니까 말이다.

화용군은 사부의 거처까지 가는 동안에 작은 마당이나 전각 모퉁이에서 생도들의 시체를 일곱 구 더 발견했다.

그들도 화용군이 처음 발견한 생도들의 시체와 별로 다르지 않은 모습이다.

이미 썩고 있으며 까마귀와 짐승들에게 뜯어 먹혔고 수중에 목검을 쥐고 있었다.

"으으으……."

화용군은 온몸을 사시나무 떨듯이 와들와들 떨면서 신음을 흘렸다.

그는 방금 사부의 방으로 뛰어 들어왔다. 그리고 침상과 바닥에 죽어 있는 시체가 누구인지 알고는 혼절하기 직전의 상태가 돼버렸다.

침상에 목이 잘린 채 똑바로 누운 자세로 죽어 있는 시체는 사부 단운택이다.

그리고 침상 앞쪽 바닥에 화용군 쪽으로 얼굴을 반쯤 보인 채 죽어 있는 시체는 사형 진무곤이다.

그는 이쪽을 향해서 얼굴을 절반만 보이고 있지만 진무곤이 틀림없다. 그와 무려 육 년 넘게 한솥밥을 먹은 화용군이 몰라볼 리가 없다.

실내의 가구들이 쓰러져서 부서져 있는 것으로 미루어 진무곤은 이곳에서 침입자들로부터 사부를 지키려다가 끝내 죽음을 당한 것 같았다.

"크으윽……."

사부가 돌아가셨으며 진무곤도 죽었다. 화용군의 심장이 뇌성벽력을 치면서 터져 버리는 것 같았다.

"사부님……."

그는 쓰러질 것처럼 비틀거리면서 침상으로 다가가 일그러진 얼굴로 사부 단운택을 굽어보았다.

똑바로 누운 자세인 단운택의 목에서 잘라진 머리가 반 뼘 정도 떨어져서 약간 옆으로 누웠는데 묘하게도 마치 화용군을 바라보는 것 같았다.

원래 깡마른 얼굴인 사부였는데 지금은 퉁퉁 부었고 부옇게 흐린 눈은 화용군을 바라보면서 왜 이제 왔느냐고 꾸중하는 것 같았다.

"으흐흑… 사부님……."

화용군은 사부에게 두 팔을 뻗었으나 사부의 시신을 훼손할까 봐 만지지 못하고 두 팔만 부들부들 떨면서 굵은 눈물만 뚝뚝 흘렸다.

잠시 후에 그는 진무곤 앞에 무릎을 꿇고 비통하게 눈물을 흘렸다.

진무곤은 다른 생도들하고는 달리 온몸이 난도질을 당한 상태로 죽어 있었다.

그것은 그가 침입자들에게 처절하게 저항하다가 죽었다는 사실을 증명하는 것이다.

생도들이 하나같이 목이 잘리거나 심장이나 복부 같은 부위를 찔려서 죽은 것에 비하여 진무곤은 급소가 아닌 곳에 대여섯 군데나 찔리고 베었으며, 치명적인 상처는 왼쪽 목에 깊이 찔린 상처였다. 그곳의 동맥이 끊어져서 많은 피를 흘려서 죽었다.

"곤 사형⋯⋯."

화용군은 큰형처럼 자신을 보살펴주었던 진무곤의 순박한 얼굴이 자꾸만 떠올라서 눈물이 멈추지 않았다.

구주무관 전원이 몰살당했다. 연무장을 비롯한 밖에서 죽은 생도의 수가 이십삼 명이고, 숙소에서 죽은 생도가 팔십이 명. 사부와 진무곤까지 도합 백칠 명이 죽었다.

그러니까 이들은 낮이 아니라 밤에 당한 것이다. 대다수가 숙소의 침상에서 자거나 휴식을 취하고 있다가 급습을 당하여 목숨을 잃었으며, 밖에서 목검을 쥐고 죽은 생도들은 밤늦도록 수련을 하다가 당했을 터이다.

화용군은 정신이 나간 사람처럼 구주무관 곳곳을 돌아다니면서 단소예와 도비효를 찾아보았으나 두 사람의 모습은 어디에서도 발견되지 않았다.

그는 다시 사부의 방으로 가서 침상 옆에 우두커니 선 채 사부의 시신을 굽어보았다.

너무도 엄청난 일이라서 아직까지도 이 사실이 현실로 받아들여지지 않았다.

그렇기 때문에 자신이 뭘 어떻게 해야 하는지도 알지 못했으며 한바탕 몹쓸 악몽을 꾸고 있는 것만 같았다.

어쨌든 그는 조금 정신이 들자 다시 구주무관 안팎을 샅샅이 뒤지기 시작했다.

그리고 해가 지기 얼마 전에야 마침내 또 한 구의 시체를 구주무관 뒤쪽의 울창한 죽림 속에서 발견할 수 있었다.

구주무관은 뒷담이 없는 대신 죽림이 백여 장에 걸쳐서 길게 펼쳐져 있다.

죽림의 거의 끝부분에서 화용군이 발견한 시체는 그때까지 찾지 못했던 두 사람 중 한 명인 도비효였다.

도비효 역시 진무곤처럼 온몸에 십여 개 이상의 상처를 입었으며, 옆구리와 가슴을 찔리고 베인 깊은 상처가 그를 죽음에 이르게 한 것 같았다.

도비효가 죽어 있는 곳 주변에는 대나무 수십 그루가 잘라지거나 부러진 난장판의 광경이다.

그걸 보면 그가 이곳에서 침입자들과 치열하게 싸웠다는 사실을 알 수 있다.

"흐으……."

화용군은 우두커니 서서 도비효의 시체를 굽어보며 슬픔이 짙게 배인 흘렸다.

사부와 진무곤에 이어서 도비효마저 죽은 모습으로 화용

군을 맞이했다.

그렇다면 마지막 남은 단소예도 어딘가에 죽어 있을 가능성이 크다는 얘기다.

화용군으로서는 세상천지에 돌아갈 곳이 여기 구주무관뿐이었는데, 이곳이 하나의 거대한 무덤으로 변해서 그를 기다리고 있을 줄은 꿈에도 상상하지 못했었다.

사아아…….

한동안 넋을 잃고 서 있던 그는 마침 불어온 바람이 대나무 숲을 흔들자 비로소 정신을 차리고 도비효를 구주무관 안으로 옮기려고 허리를 굽혔다.

"……."

그때 쓰러져 있는 도비효의 머리에서 서너 걸음 떨어진 곳 바닥 풀숲에 자그마한 붉은 신발이 하나 뒤집혀진 상태로 놓여 있는 것을 발견하고 급히 다가가 집어 들었다.

"예 매."

그것은 평소 단소예가 신고 있던 붉은 가죽신 운혜(雲鞋)가 분명했다.

화용군은 혹시 근처에 단소예가 죽어 있지 않을까 하는 생각에 운혜를 손에 쥐고 다급하게 앞쪽으로 달려갔다.

죽림이 끝나는 곳에는 낭떠러지처럼 가파른 언덕이 있는데 잡목이 우거져 있다.

그곳과 언덕 아래 바닥까지 샅샅이 뒤졌지만 단소예는 보이지 않았다.

단지 언덕 중간쯤에 있는 키 작은 뾰족한 나뭇가지에 하늘색 옷 조각 하나가 걸려서 나풀거리는 것을 발견했다. 그 옷 조각은 단소예의 잠옷에서 떨어져 나온 것이 분명했다.

손바닥만 한 크기의 찢어진 옷 조각에는 피가 엉겨 붙은 채 말라 있었다.

주변을 자세히 살펴보니 사람이 언덕 위에서 아래로 굴러 떨어진 흔적이 일직선으로 어지럽게 나 있었다.

그렇다면 도비효가 침입자들로부터 단소예를 보호하려다가 죽었으며, 단소예는 도망치다가 가파른 언덕 아래로 굴러 떨어졌다는 뜻이다.

마음이 조급해진 화용군은 다시 언덕 아래로 달려 내려가서 주위를 이 잡듯이 살폈다.

그러나 어디에서도 단소예를 발견하지 못하자 이번에는 언덕 아래 주위 수백 장을 차근차근 풀잎을 하나씩 세듯이 수색했으나 역시 그녀를 찾지 못했다.

계속 숲 속을 뒤지면서도 그는 단소예의 시체를 찾지 못하기를 빌었다.

시체를 발견하게 되면 그녀가 죽은 것이지만, 발견하지 못한다면 그녀가 어딘가에 살아 있다는 뜻이기 때문이다.

그는 단소예를 찾는 데에만 반 시진 이상 허비했지만 끝내 찾지 못했다.

그리고 결국 날이 어두워져서 더 이상 찾지 못하게 되자 다시 죽림으로 돌아와서 도비효의 시체를 안고 구주무관으로 돌아왔다.

그래도 단소예가 어딘가에는 살아 있을지도 모른다는 희미한 희망의 불씨 하나가 가슴속에서 가물거렸다.

제16장

———

혈명단(血命團)

"헉헉헉……."

화용군은 극도로 지쳐서 땅바닥에 벌렁 누웠다.

그는 한 시진에 걸쳐서 구주무관의 모든 시체를 사부의 거처 앞마당에 모으고는 탈진해서 쓰러져 버렸다.

시체가 무거워서 지친 것이 아니다. 시체가 썩기 시작하기 때문에 여차 하면 사지와 몸뚱이, 머리가 제멋대로 마구 툭툭 떨어졌으며, 까마귀와 산짐승이 쪼아대고 파먹은 터에 옮길 때마다 내장과 장기. 썩은 물이 줄줄 흘러나왔고, 시체마다 바글거리는 구더기들을 일일이 다 끄집어내느라 곤죽이 돼버렸다.

사부와 진무곤, 도비효, 그리고 생도 백다섯. 도합 백여덟 구의 시체를 될 수 있는 한 질서 있게 늘어놓고 나서 화용군도 그 옆에 벌렁 누워 있으니까 만약 누가 본다면 그 역시 시체라고 생각할 것이다.

아니, 그는 죽었다. 이 순간의 그는 최소한 영혼만큼은 죽어버렸다.

화용군은 은모래를 뿌려놓은 듯 뭇별이 총총한 밤하늘을 바라보며 생각을 정리했다.

백여덟 구의 시체를 일일이 한곳으로 모으는 동안 그의 슬픔은 많이 진정되었다. 하지만 시간이 지날수록 분노는 점점 깊이를 더해갔다.

그렇지만 지금은 그 분노를 터뜨릴 대상이 없다. 구주무관의 백팔 명이나 되는 사람을 깡그리 죽인 자들이 누구인지 짐작조차도 할 수 없기 때문이다.

그저 시간이 흐를수록 분노와 원한만 켜켜이 더욱 쌓여갈 따름이다.

사부와 두 사형 진무곤과 도비효, 그리고 백다섯 생도의 처참한 죽음을 보고 또 이곳으로 한 구씩 옮기면서 그는 시체들을 자세히 살펴보게 되었다.

처음에 그는 이런 천인공노할 만행을 저지른 것이 백학무숙일 것이라고 짐작했었다.

이유가 무엇인지는 모르지만 그들이 아니면 이런 짓을 할 사람이 없다고 생각했다.

대명제관에 속한 무도관이 다른 무도관을 이런 식으로 몰살시킨다는 것은 상상조차도 할 수 없는 일이다.

그러므로 평소였다면 백학무숙이 구주무관을 몰살할 것이라는 생각은 그저 망상에 불과했을 터이다. 그 정도로 있을 수 없는 일이기 때문이다.

그런데 대명제관 서른네 개의 무도관 중에서 한 군데 구주무관이 몰살을 당하는 사상 초유의 사건이 벌어졌으며 화용군은 유일한 생존자가 되었다.

그러니까 생각을 평소처럼 안이하게 해서는 안 된다. 이런 극단적인 일이 벌어졌으니까 생각 역시 극단적으로 해야만 한다.

그래서 제일 먼저 떠오른 것이 백학무숙이었다. 화용군이 복수를 위해서 항주로 떠나기 전날 사부 단운택이 그에게 해준 얘기 때문이다.

육 년하고도 반년 전, 백학무숙의 관주인 백학선우는 대명제관 서른세 군데 무도관 관주들 앞으로 은밀하게 대결장을 보냈었다.

대결장에는 대명제관 서른네 군데 무도관 중에서 어느 무

도관의 관주가 가장 고강한지를 대결로써 가리자는 내용이
적혀 있었다.

당시 대명제관에서 가장 크고 유명하면서 생도가 제일 많
은 무도관은 백여 년 동안 줄곧 수위(首位)를 지켜오고 있는
백학무숙이었다.

그런데도 백학무숙이 대명제관 전체 관주들의 최강자를
실력으로 뽑자고 뜬금없는 제안한 데에는 그럴 만한 이유가
있었다.

모든 면에서 백학무숙이 대명제관의 첫손가락에 꼽히는
것은 분명한데 위태로운 선두였다.

말하자면 일 위인 백학무숙과 이 위(二位)와의 차이가 그다
지 크지 않았다.

또한 이 위와 삼 위의 차이도, 삼 위와 사 위 역시 별 차이
가 나지 않았다.

예전 같으면 대명제관의 일 위인 백학무숙이 오 위보다 모
든 면에서 다섯 배 이상 컸었다. 물론 생도의 수나 세력 면에
서다.

그러나 지금은 차이가 고작 두 배 정도밖에 나지 않는데 그
이유는 간단하다.

오랜 세월 동안 자신들이 최고라는 자만심에 안주하다 보
니까 백학무숙이 나날이 축소되고 있는 반면에 부단히 노력

을 한 다른 무도관들이 비대해지고 있기 때문이었다.

백학무숙과 오 위가 그런 상황인데 이 위하고의 규모 차이
는 물어보나 마나다.

그대로 방치한다면 그리 오래 걸리지 않아서 백학무숙을
능가하는 무도관이 나온다고 해도 전혀 이상한 일이 아닌 상
황이었다.

그래서 백학무숙이 궁여지책으로 내놓은 방법이 대명제관
전체 관주를 불러서 우열을 가리자는 것이었다.

그리고 백학무숙의 속셈이 무엇인지에 대해서는 대명제관
의 모든 무도관이 충분히 짐작하고도 남음이 있었다.

그런데 대결장을 받은 서른세 곳의 무도관 중에서 무려 스
물다섯 곳에서 기권하겠다는 내용의 서찰을 백학무숙에 보내
왔다.

그들은 스스로 백학선우와 싸워서 이길 자신이 없다고 인
정한 것이다.

괜히 대결을 벌여서 창피를 당하는 것보다 현실에 안주하
겠다는 생각이었다.

그리고 나머지 여덟 군데가 대결을 벌이는 것에 동의한다
는 회답을 전해왔다.

이 기회에 백학무숙을 꺾어서 지금까지의 판도를 역전시
켜보자는 의도였을 것이다.

그 여덟 곳 중에 네 곳이 이 위에서 오 위까지이고, 나머지 네 곳은 그 당시 가장 무서운 성장세를 보이고 있는 무도관들이었다.

그 무서운 성장세를 보이는 네 곳의 무도관 중에 구주무관이 속해 있었다.

구주무관 관주 단운택은 아무리 대명제관의 절대자인 백학선우라고 해도 일대일로 맞서 싸운다면 이길 확률을 오 할로 점쳤었다.

최소한 패하지는 않을 것이라고 확신했다. 그러므로 이기기만 하면 구주무관이 일약 대명제관 최고의 무도관으로 승격되는 것이다.

설사 백학선우와 무승부를 이루었다고 해도 자신의 위명이 크게 떨쳐질 것이라고 예상했다.

그래서 이 기회에 자신의 이름을 만방에 알리고 구주무관을 크게 일으켜야겠다고 마음먹었다.

말하자면 이것은 단운택이 오랫동안 기다려왔던 절호의 기회였던 것이다.

그러나 결과적으로 백학선우와 대결을 벌였던 여덟 명의 관주는 모두 패했다.

그들 중에 세 명이 대결 도중에 죽었으며 나머지 다섯 명은 단운택처럼 병상에 드러눕게 되었다.

설마 그 지경이 될 것이라고는 여덟 명 모두 일 할도 예상하지 않았었다.

바로 이 부분에서 단운택은 화용군에게 매우 중요한 얘기를 해주었다.

단운택을 비롯한 여덟 명의 관주는 백학무숙에서 대결에 앞서 잠깐 담소를 나누면서 차를 마셨다고 한다.

그 자리에서 백학선우는 점잖게 한 가지 제안을 했다. 여덟 명이 한 사람씩 차례로 자신과 일대일 대결을 벌이자는 것이다.

그래서 어느 누구라도 자신을 이기면 백학무숙을 두 손으로 공손히 바치고 자신은 은퇴를 하겠다고 말했다.

사실 여덟 명의 관주는 자기들끼리 싸우는 것은 별 의미가 없다고 생각하고 있었기에 백학선우의 제안을 흔쾌하게 받아들였다.

그러나 결과는 여덟 명의 참담한 패배로 끝났다. 세 명은 목숨을 잃었으며 다섯 명은 중상을 입었다.

만약 목숨을 건진 다섯 명이 일촉즉발의 순간에 다급하게 패배를 인정하지 않았다면 백학선우의 손에 죽고 말았을 것이다.

백학선우는 여덟 명이 예상했던 것보다 훨씬 고강했다. 아니, 여덟 명이 상대적으로 허약했다.

단운택은 일곱 번째로 대결을 펼쳤는데 평소 자신이 지니고 있는 실력의 채 절반도 펼치지 못하고 허둥거리다가 십 초식을 넘기지 못하고 백학선우의 검에 가슴을 찔려서 패하고 말았다.

"여덟 명이 마신 차에 독이 들어 있었던 것 같다."

단운택은 화용군과 단소예에게 그렇게 말했었다. 그렇지 않고서야 그처럼 맥없이 패할 수가 없다는 것이다.

이후 단운택은 백학선우에게 당했던 가슴의 상처를 다 치료했는 데도 불구하고 자리에서 일어나지 못했다.

그것이 바로 백학선우가 독을 썼다는 증거다. 단운택뿐만이 아니라 살아남은 다른 네 명도 대결 이후 상처를 치료했으나 병상에서 일어나지 못했다.

그리고 육 년이 흐르면서 그중 세 명이 죽었고 단운택과 또 한 명만 살아 있었다.

그런데 비밀리에 벌이기로 했던 그날 대결의 결과가 백일하에 공개됐다.

대결에서 패하거나 기권한 관주들은 그제야 자신들이 백학선우에게 이용당했다는 사실을 깨달았으나 이미 때가 늦어 아무리 후회해도 소용이 없었다.

애초에 백학선우는 대명제관 관주들에게 비밀리에 대결을 벌이자고 제안을 했었다.

누가 이기고 누가 지든 그냥 우리끼리만 알고 있자는 말을 덧붙였었다.

그러나 대결장을 받은 서른세 명 중에서 스물다섯 명이 싸워보지도 않고 기권을 했으며, 여덟 명이 백학선우와 대결을 벌여서 모두 패했다는 소문이 하루도 지나지 않아 제남 전역에 파다하게 퍼졌다.

그 일로 인하여 대명제관에는 일대 지각변동이 일어났다.

기권한 무도관들은 대결에서 패하지 않았으므로 초라하게나마 현상을 유지할 수 있었다.

그러나 백학선우에게 패한 여덟 개 무도관은 보유하고 있던 생도들마저 썰물처럼 빠져나가 하루아침에 절반 수준 이하 규모로 줄어들고 말았다.

그나마 그들은 슬하에 혈기왕성한 자식들이 있으며 또 우수한 사범을 다수 보유하고 있었기에 쪽박을 차는 것까지는 면할 수 있었다.

하지만 단운택은 대결에서 패하여 자신의 발로 걷지도 못할 만큼 중상을 입은 채 백학선우의 제자들에 의해서 옮겨져 구주무관 전문 앞에 버려졌었다.

오래전에 자식 내외를 잃었던 단운택은 그나마 두 명 있던 사범마저 그만두고 나가 버렸다.

그런데 그 두 명의 사범은 바로 그다음 날부터 백학무숙에서 더 좋은 대우를 받으면서 사범 노릇을 하기 시작했다. 백학선우의 꼼수는 속속들이 깊은 곳까지 파고 들어와 있었던 것이다.

단운택 자신이 생도들을 가르치지도 못하고 사범들도 없는 상황에서 구주무관이 제대로 돌아갈 리가 없다.

대명제관의 상황은 대결이 벌어지기 전하고는 판이하게 변해 버렸다.

백학선우가 대명제관 전체 관주를 모두 이기고 최강의 실력자라는 소문이 파다하게 퍼지자 수백 명의 생도는 자신이 속해 있던 무도관을 박차고 나와 백학무숙으로 달려갔으며, 화북지역에서 무술을 배우고자 하는 사람들이 벌 떼처럼 백학무숙으로 모여들었다.

그로 인해서 백학무숙은 예전보다 몇 배나 더 큰 규모로 증축하기 시작했고, 그것으로도 모자라서 근처에 새로운 무도관을 짓기로 했다.

구주무관은 넉 달여 만에 십여 명의 생도만을 남긴 채 만신창이가 되고 말았다.

그러고는 그동안 지내왔던 경치 좋고 근사한 무도관을 내주고 지금의 절벽 꼭대기 이 초라한 장원으로 이사를 할 수밖에 없는 처지로 전락했다.

그 모든 정황으로 미루어 봤을 때 백학무숙이 이 만행을 저질렀을 것이라고 화용군은 생각했었다.

다 망해서 곧 문을 닫을 것 같았던 구주무관이 다시금 기사회생하여 옛날의 화려했던 시절로 복귀하려 하고 있으니 백학무숙으로서는 촉각이 곤두설 일이다.

그렇지만 백학무숙의 만행은 아니다. 화용군은 백학무숙에서 가르치는 다섯 종류의 무술에 대해서 잘 알고 있는데 구주무관에서 죽음을 당한 백팔 구의 시체에서는 백학무숙의 수법이 단 한 개도 발견되지 않았다.

무인들 간의 대결에서 상처를 입거나 죽음을 당하면 반드시 상흔(傷痕)이라는 것이 남는다. 몸에 외적인 상흔이 없다면 내상(內傷)을 입은 경우다.

백팔 구의 시체에는 화용군으로서도 생전 처음 보는 수법의 상처들이 새겨져 있었다.

찔린 상처들은 몹시 깊었으며 이따금씩 마칠 료(了)자 같은 흔적이 새겨진 상처가 발견되었다.

그리고 벤 상처는 납작한 여덟 팔(八)자처럼 생겼으며, 기러기가 날개를 펼치고 날아가는 형상이다.

이것 역시 전체 시체에서 발견된 것이 아니라 열에 한둘의 시체가 그랬다.

그래서 화용군이 내린 결론은 이렇다. 흉수들은 찌른 상처에는 '了'가 새겨지고, 벤 상처에는 '八'이 새겨지는 수법을 전개한다.

그들은 자신들의 소행이라는 것을 감추기 위해서 '了'와 '八'의 흔적을 남기지 않으려고 애쓴 흔적이 역력했다. 그러나 습관이란 무서운 것이다.

*　　　*　　　*

화용군은 그날 밤을 거의 뜬눈으로 지새우고 다음날 아침이 되자마자 제일 먼저 성내 관아(官衙)로 달려가서 구주무관의 멸문 사건을 신고했다.

이후 빈의관(殯儀館:장의사)을 찾아가서 구주무관의 장례를 부탁했다.

화용군이 빈의관에서 장례 절차에 대해서 이것저것 상의를 한 다음에 구주무관으로 돌아왔더니 관아에서 왔다는 고슴도치처럼 까칠한 수염투성이 쾌반 한 명이 졸개 포리(捕吏) 십여 명을 이끌고 와서 화용군이 모아놓은 시체들과 구주무관 내부를 샅샅이 뒤지고 있었다.

그러고는 화용군을 앉혀놓고 쾌반이 이것저것 몇 가지 간단한 사항을 물어보고는 가버렸다.

빈의관에서 구주무관 생도들의 집에 일일이 연락을 취했다. 화용군이 생도들이 입관할 때 일률적으로 작성하는 인적 사항을 빈의관에 주고 가족에게 연락해 줄 것을 부탁했기 때문이다.

가까운 곳에 사는 부모와 형제들이 구주무관에 몰려와서 울고 불면서 시체들을 찾아갔다.

먼 곳에 사는 부모형제에겐 아직 연락이 도착하지 않은 탓에 그들은 자식이 혹은 형제가 죽었다는 사실조차도 모르고 있었다.

그러나 찌는 듯이 무더운 여름철에 시체를 언제까지 방치할 수가 없어서 화장을 하기로 결정했다.

그렇지만 화용군은 사부 단운택과 진무곤, 도비효의 시신만큼은 죽림 앞쪽 양지바른 곳에 봉분을 만들어 매장했다.

단소예가 살아 있다면 나중에라도 찾아와서 무덤이라도 볼 수 있도록 배려한 것이다.

그리고 화용군 자신도 그들 세 사람을 흔적조차 없이 영영 사라지게 할 수가 없었다.

화장을 한 생도들의 유골은 하나같이 유골함에 담아서 이름을 적어 빈의관에 보관토록 하고, 나중에 가족이 찾아오면 내주라고 당부해 두었다.

빈의관에서 요구하는 장례비가 은자 백칠십 냥이라서 화용군은 자신의 숙소에 있는 철상(鐵箱·꿈고)을 열어 모아두었던 돈에서 백오십 냥을 꺼내 지불했다.

그는 사범 생활 삼 년 동안 은자 이천 냥 정도를 모았으며 삼백 냥을 철상에 놔두고는 천칠백 냥은 제남 성내 태화전장(太和錢場)에 맡겨두었었다.

다시 혼자 남게 된 그는 혹시 단서가 될 만한 것이 없을까 하는 생각에 단소예의 숙소에 가보았다.

그는 구주무관에서 생활한 육 년여 동안 단소예의 방에는 자주 가봤었다.

구주무관의 수입과 지출 등 살림을 그녀가 도맡아서 했는데 혼자 결정하기 어려운 일이 생기면 그녀는 꼭 화용군에게 상의했으며, 그럴 경우에는 거의 그녀의 방에서 차를 마시면서 대화를 나누었다.

그가 복수를 위해서 항주로 떠나기 며칠 전에도 그녀의 방에 마주 앉아서 차를 마셨으므로 사십여 일 만에 다시 찾은 셈이다.

주인을 잃은 방은 그 사실을 아는지 고적하고 쓸쓸하기 짝이 없다.

그녀와 함께 차를 마시거나 의논을 할 때는 더없이 아늑하고 화사한 방이었지만 지금은 을씨년스러울 정도다.

그는 예전 그녀와 함께 차를 마시던 탁자 앞에 한동안 묵묵히 앉아서 실내를 둘러보다가 이윽고 일어나서 서가의 고서 한 권을 뽑았다.

슥—

고서를 뽑자 그 뒤쪽에 거무튀튀한 열쇠 하나가 감춰져 있는 것이 보였다.

단소예가 관리하는 금고 열쇠인데 그녀는 화용군이 있는 자리에서도 스스럼없이 열쇠를 감춰놓은 은밀한 장소에서 열쇠를 꺼내 금고를 여닫곤 했었다.

화용군은 착잡한 기분으로 열쇠를 꺼냈다. 열쇠 주인 단소예는 십중팔구 죽었을 것이다.

다만 시체를 찾지 못하고 있는 것일 게다. 사부와 두 사형을 비롯하여 생도들이 전원 몰살을 당했는데 그녀 혼자만 살아 있다는 것은 기적이다. 기적이라는 것은 그리 흔하게 일어나는 법이 아니다.

드긍—

화용군은 한쪽 구석에 있는 허리 높이의 검은색 금고를 열쇠로 열었다.

금고에는 돈만이 아니라 구주무관의 중요한 문서 같은 것들을 넣어두는 것으로 알고 있다.

금고는 이 층으로 되어 있는데 아래 칸 상자에는 은자가 오백 냥쯤 담겨 있었고 위 칸에는 몇 장의 문서와 서책 여러 권이 놓여 있었다.

문서들을 살펴보니 이곳 구주무관에 대한 소유권과 지금 대명호 주변에 새로 짓고 있는 새 구주무관의 토지 문서, 그리고 성내 태화전장에서 발급한 존관(存款:예금)에 대한 증서와 전표(錢票)들이었다.

구주무관이 태화전장에 맡긴 금액은 은자로 백만 냥에 육박했다. 이십여 장의 전표까지 합산한다면 백만 냥이 훌쩍 넘었다.

금고에 돈과 존관증서, 전표 따위가 그대로 있는 것을 보면 흉수들은 돈을 노리고 만행을 저지른 것이 아니다. 단소예의 방은 아예 아무도 들어온 흔적이 없다.

화용군도 그럴 것이라고 짐작은 했었으며 그걸 지금 확인한 것이다.

그는 문서 더미 아래에 놓여 있는 여러 권의 본자(本子:공책) 중에 맨 위의 한 권을 집어 들었다.

팔락…….

"……."

첫 장을 넘겼다가 그는 움찔 놀라는 표정에 몸이 굳어버리고 말았다.

　ㅡ사랑하는 나의 군 랑(君郞).

　'랑(郞)'이라는 호칭은 여자가 정인이나 남편에게만 사용하는 것이다.

　단소예가 '군 랑'이라고 부를 사람은 화용군뿐이며 그를 정인으로 여겼다는 뜻이다.

　그리고 '사랑하는 나의 군 랑'이라는 것은 이 본자의 제목인 것 같았다.

　팔락……

　화용군은 복잡한 마음으로 다음 장을 넘겼다.

　거기에는 명필이라고 해도 손색이 없을 정도인 단소예의 예쁜 글씨가 적혀 있었다.

　그런데 그 내용이 화용군에게 향한 그녀의 수줍고도 진심 어린 마음을 적은 고백이었다.

　발칙하거나 되바라진 글귀는 없다. 그저 오늘은 군 랑이 무엇에 열중하고 있었는데, 그 모습을 바라보는 내내 가슴이 설레고 행복했다는 식의 풋풋한 내용이었다.

　말하자면 이 본자는 단소예의 일기장인 것이다. 그는 선 채로 일기장 한 권을 다 읽었다.

본자에는 날짜를 기록해 두었는데 올해 쓴 것이다. 그래서 인지 한 권이 완성되지 않고 절반쯤 기록되어 있었다.

본자는 모두 세 권이며 다음 것은 작년에 쓴 것이고 맨 아래 것이 이 년 전에 작성한 것이다.

단소예는 화용군보다 두 살 연하이니까 이 년 전이라면 열네 살 때다.

그때 이미 그녀는 화용군을 마음속에 품었으며, 그때의 호칭은 군 가가(君哥哥)였다.

그러다가 작년 열다섯 살 때 비로소 그를 '군 랑'이라고 호칭했다.

쏴아아—

물러가는 여름의 마지막 발악인지 억수 같은 장대비가 제남 성내를 물바다로 만들 기세로 퍼부었다.

화용군은 아침에 성내에 나와서 빈의관에서 자잘한 일을 처리한 연후에 태화전장에 가서 존관증서를 보여주면서 어떻게 해야 할지 자문을 구했다.

구주무관이 몰살당했다는 사실은 이미 성내에 파다하게 퍼져 있는 상황이다.

태화전장에서는 처음에 돈을 존관한 단소예가 작성해 놓은 문서를 참고했다.

거기에는 만일 단소예에게 무슨 일이 발생할 시에는 존관한 돈의 전액을 사범 화용군에게 승계한다는 내용이 또렷이 적혀 있었다.

단소예가 자신에게 무슨 일이 일어날 것을 예상해서 그런 것이 아니라 보통 전장의 존관 형식이 그렇다.

승계자를 정해두지 않으면 돈을 맡길 수가 없는 것이다. 그런데 그녀는 뜻밖에도 승계자로 화용군을 지목해 두었던 것이다.

그 사실을 알고 화용군은 멍해지는 기분이 됐다. 단소예는 그를 그 정도로까지 생각하고 있었던 것이다. 하지만 그는 그녀를 그렇게까지 생각하지는 않았었다.

어쨌든 졸지에 화용군은 은자 백만 냥의 주인이 되었다. 하지만 그에게는 큰 의미가 없었다.

그 일을 끝낸 후에 그의 발길은 자신도 모르게 백학무숙으로 향했다.

구주무관의 백여덟 명을 죽인 수법이 백학무숙의 수법하고는 전혀 다르지만 그는 왠지 백학무숙이 그랬을 것이라는 의심을 떨쳐 버릴 수가 없다.

육 년 전에 백학선우가 대명제관 여덟 명의 관주에게 독이 든 차를 마시게 했다는 사부 단운택의 말을 굳게 믿기 때문에 이번 일도 백학무숙이 어떤 식으로든지 연관되어 있지 않을까 의심을 하는 것이다.

그러나 화용군은 백학무숙 주변을 어슬렁거리기만 했을 뿐이지 안에 들어가 보지도 못했다.

네놈들이 의심스러우니까 조사를 좀 해봐야겠다고 말할 수도 없는 일이다.

그래서 괜히 한 시진 동안 백학무숙 주변만 여러 차례 맴돌다가 다시 성내로 발걸음을 돌렸었다.

그때부터 비가 내리기 시작했으며, 비를 피하면서 몇 술 요기라도 할 겸해서 주루에 들어와서 앉은 것이 일각 전의 일이다.

그가 창가 자리에 앉아서 따뜻한 계탕면(鷄湯麵) 한 그릇을 거의 비워가고 있을 무렵 주루 입구에서 가벼운 소란이 벌어졌다.

화용군은 여간해서는 남의 일에 신경을 쓰지 않는 성격이지만 워낙 시끄러워서 주루 입구를 쳐다보았다.

거지 한 명이 비를 피하여 주루 안으로 들어왔는데 점소이와 주인은 내쫓으려고 밀어내고, 거지는 나가지 않으려고 버티는 상황이다.

화용군은 시선을 거두고 빗방울이 조금씩 들이치고 있는 활짝 열려 있는 창밖을 내다보았다.

지금 그가 있는 이곳 주루는 제남 내성(內城)과 외성(外城)

의 경계선이라고 할 수 있는 남쪽 포자하(泡子河) 화평문(和平門) 근처에 위치해 있다.

그가 앉아 있는 창밖 바로 아래로는 포자하가 흐르고 있으며, 불과 일각 남짓 쏟아진 폭우로 흙탕물이 거세게 콸콸 소리를 내며 흐르고 있다.

"아… 거참! 밥을 달라는 것도 아니고 비가 그칠 때까지만 지붕을 좀 빌려달라는데 너무 야박하군그래!"

화용군은 낭랑한 젊은 청년의 목소리가 주루 내를 울리는 것을 귓등으로 흘리면서 시선을 운하에 고정시킨 채 어금니를 꽉꽉 깨물었다.

구주무관의 멸문을 발견한 이후 그에게는 어금니를 악무는 버릇이 생겼다.

정체도 그 무엇도 알지 못하는 흉수들에 대한 끓어오르는 원한 때문이다.

"여보게! 형제! 나 좀 도와줄 수 있겠소?"

조금 전의 낭랑한 목소리의 청년이 큰 소리로 누군가를 부르는 소리가 들렸으나 화용군은 자신하고는 상관이 없는 일이라서 눈길도 주지 않았다.

"거기 잘생긴 무사 나리 말이오!"

화용군은 비가 개이면 무림에 대해서, 특히 무술 수법에 정통한 사람을 수소문해서 흉수에 대한 것을 알아봐야겠다고 생각했다.

"창밖을 하염없이 내다보고 있는 형씨, 내 말 안 들리오?"

화용군은 '창밖을 하염없이 내다본다'는 말에 그제야 주루 입구를 쳐다보았다.

"그렇소! 잘생긴 형씨 말이오!"

화용군은 표정 없는 무심한 얼굴로 거지를 응시하기만 할 뿐 아무 말도 하지 않았다.

할 말도 관심도 전혀 없기 때문이다. 말을 한다면 용건이 있는 거지가 할 터이다.

"으윽……! 형씨! 나한테 계탕면 한 그릇에 화주 한 병 사주지 않겠소?"

거지는 점소이와 주인에게 떠밀려서 주루 밖으로 쫓겨나지 않으려고 두 손으로 문설주를 부여잡고 버티며 찌그러지는 목소리로 소리쳤다.

사달라고 부탁하는 주제에 먹고 싶은 요리를 정해주기까지 하고 게다가 술까지 곁들이고 싶단다.

화용군이 관심 없는 듯 다시 창밖으로 시선을 돌리려고 하니까 거지가 불에 덴 듯이 결사적으로 울부짖었다.

"혀, 형씨! 아니, 삼촌! 제발 살려주십시오! 네?"

화용군은 창밖 포자하의 흙탕물에 시선을 던진 채 조용히 중얼거렸다.

"주인, 그가 원하는 것을 주시오."

"드, 들었는가? 어허! 당장 이거 놓지 못하겠어?"

화용군의 말이 떨어지자마자 거지는 으스대면서 주인과 점소이를 몰아세우더니 갑자기 쪼르르 화용군에게 달려와 그의 앞자리에 납작 앉았다.

화용군이 거지의 요구에 응한 것은 귀찮은 것이 절반이고 흘러가는 냇물도 한 그릇 떠주면 은혜라는 옛말처럼 그냥 약간의 온정을 베푼 것이다.

그런데 그가 앞에 와서 앉자 슬쩍 인상을 쓰면서 창밖에서 시선을 거두어 그를 쳐다보았다.

"나는 방방(芳尨)이오."

거지는 머리와 얼굴, 온몸에서 물을 줄줄 흘리면서도 헤벌쭉 웃으며 스스럼없이 자기소개를 했다. 웃는 얼굴에 침 못 뱉는다는 옛 말을 그가 몸소 실천하고 있다.

화용군은 구주무관에서 육 년여 동안 생활하면서 많은 생도를 만났으나 '방방' 처럼 우스꽝스러운 이름은 들어본 적이 없었다.

방(芳)은 꽃처럼 곱다는 뜻이고, 또 다른 방(尨)은 삽살개를 뜻한다.

그래서 방방이라는 이름을 풀이하면 '꽃다운 삽살개' 라는 뜻이니 어찌 이상한 이름이 아니겠는가.

예전 같았으면 이따위 우스꽝스러운 이름을 들었을 경우에는 피식 실소라도 흘렸겠지만 지금은 그러고 싶은 마음의 여유가 추호도 없다.

"어?"

화용군이 다시 창밖으로 시선을 돌리려고 하는데 방방이 그의 얼굴을 보며 가볍게 놀라는 표정을 지었다.

"이제 보니까 형씨는 구주무관의 강호 사범이 아니오?"

화용군은 자신을 알아보는 사람이 있다는 사실이 의외였으나 그마저도 그의 관심을 끌지는 못했다.

그가 다시 창밖을 보고 있을 때 방방은 점소이에게 마른 수건을 가져오도록 시켜서 젖은 얼굴과 머리를 닦느라 이리저리 물을 튀겼다.

"정말 지랄같이 퍼붓는구만."

방방은 점점 더 퍼붓고 있는 빗줄기를 보면서 오만상을 찌푸리며 투덜거렸다.

그러더니 점소이가 계탕면과 화주 한 병을 갖고 와서 퉁명스럽게 탁자에 내려놓자 언제 그랬냐는 듯 마파람에 게눈 감추듯이 순식간에 먹어치웠다.

그러고도 화용군에게 고맙다거나 잘 먹었다는 감사의 말 한마디도 없다.

그동안에도 화용군은 창밖에 시선을 고정시킨 채 깊은 생각에 잠겨 있었다.

가끔 눈초리가 파르르 떨리는가 하면 어금니를 악물기도 하고 또는 뺨을 씰룩거렸다. 그런 표정 하나하나가 모두 분노와 원한에 사무친 것이다.

그때 주루 밖에는 비가 갑자기 뚝 그치더니 언제 비가 왔었냐는 듯 거짓말처럼 하늘이 개이며 해가 쨍쨍 비췄다. 그러고는 매미들이 기다렸다는 듯이 울어대기 시작했다.

계탕면과 화주 한 병을 다 먹어치운 방방은 비도 그쳤겠다 예전 같았으면 그냥 자리를 털고 일어나서 주루를 나갔겠지만 왠지 선뜻 일어나지 못하고 화용군의 얼굴을 조심스럽게 살피다가 불쑥 입을 열었다.

"강호 형, 혹시 내가 도울 일이라도 있소?"

그는 자신에게 도움의 손길을 뻗어준 화용군에게 대뜸 호형을 했다.

그는 원래 은혜를 입어도 보답 같은 것을 모르는 파렴치한인데 지금은 왠지 화용군에게 보답을 해주고 싶다는 마음이 생겼다.

그러나 화용군이 관심은커녕 눈길조차 주지 않는 것을 보고는 그냥 가려고 의자에서 궁둥이를 떼었다가 다시 주저앉으며 한마디 다시 던졌다.

"쩝… 구주무관이 멸문을 당해서 골치 아플 것이라고 생각하지만… 내가 뭐라도 강호 형을 돕고 싶은데 어떤 도움이 필요한지 모르니깐두루……."

워낙 말주변이 없는 방방은 제 딴에는 최대한 자신의 진심을 전하려고 애썼다.

사실 그는 계탕면을 안주 삼아서 화주 한 병을 마시면서 틈틈이 화용군의 모습을 훔쳐봤었다.

그러고는 그의 절세적인 미모에 가슴이 다 벌렁거리고 또한 그의 강직하고 도도한 기품에 마음을 빼앗겼다.

그가 사람을 보고 이처럼 가슴이 두근거리는 경우는 난생처음이다. 그래서 그에게 매우 진한 호감을 느꼈다.

그제야 방방의 진심이 화용군에게 조금 전해졌다. 그는 시선을 거두어 방방을 쳐다보며 씁쓸한 표정을 지었다.

"나를 어떻게 아는 거요?"

궁금해서 묻는 게 아니라 그저 인사차 물은 것이다.

"에 또… 자랑이 아니라 나는 제남에서 모르는 사람이 거의 없소."

그러고는 빈 술잔을 들고 빨간 혀를 내밀어 핥으면서 말을 이었다.

"그리고 우리 개방은 천하에서 모르는 게 없는 대방파요."

원래 자랑질에 익숙하지 않은 방방은 그렇게 말해놓고는 쑥스러운 표정을 지었다.

"개방?"

화용군은 방방을 쳐다보며 나직이 중얼거렸다. 진무곤과 도비효 두 사형의 말에 의하면, 개방은 천하에서 가장 큰 방 파이며 천하나 무림에 대해서 모르는 것이 없는 대단한 정보통이라고 했었다.

구주무관이 멸문을 당했다는 것은 이제 제남 성내에 파다하게 퍼져 있는 사실이지만, 화용군을 보고 '강호 사범'이라고 대뜸 알아맞히는 사람은 없었다.

방방은 화용군이 자신을 묵묵히 주시하자 괜히 찔리는 구석이 있는 표정을 지었다.

자랑스러운 개방 제자쯤 되는 놈이 어째서 별것 아닌 주루 주인과 점소이에게 쩔쩔 맸었느냐고 화용군이 표정으로 묻는 것 같은 착각을 느꼈다.

"허허… 그게 말이오. 본 방에서는 백성들에게 추호라도 피해를 끼치면 엄한 벌을 받게 되오. 얻어먹는 거야 별 탈 없지만……."

"개방은 모르는 게 없소?"

화용군이 불쑥 묻자 방방은 멍한 표정을 지었다가 곧 고개를 끄떡였다.

"그렇소. 궁금한 게 있으면 무엇이든지 물어보시오."

화용군은 구주무관을 몰살시킨 흉수들이 남긴 시체의 상

혼에 대해서 몹시 궁금했었다.

그리고 구주무관의 몰살에 백학무숙이 연관되어 있는지도 알고 싶었다.

그는 일단 점소이를 불러서 비싼 요리와 좋은 술을 주문했다. 계탕면과 화주 한 병으로는 방방에게서 비싼 정보를 얻어 내는 것이 미안했다.

그가 요리와 술을 주문하자 원래 식탐이 있고 술을 밥보다 좋아하는 방방은 기분이 매우 좋아져서 어떤 어려운 질문이라도 대답해 줄 만반의 준비를 갖추었다.

화용군은 요리와 술이 나오기를 참을성 있게 기다렸다가 방방에게 술을 한 잔 따르고 자신도 한 잔 따라서 앞에 놔둔 다음 진지하게 말문을 열었다.

"혹시 마칠 '료' 자와 납작한 여덟 '팔' 자를 상흔으로 남기는 무술을 알고 있소?"

화용군이 어떤 질문을 할지 적이 긴장하고 있던 방방은 자신이 알고 있는 내용이 나오자 비로소 미소를 지으며 술 한 잔을 입속에 쏟아붓고 나서 껄껄 웃었다.

"허허허! 그런 것은 무림에 거의 알려져 있지 않은 은밀한 내용이오!"

방방은 화용군의 얼굴에 실망의 기색이 떠오르는 것을 발견하고는 그에게 빈 잔을 내밀었다.

"하지만 다행히 그것에 대해서 내가 알고 있소."

"그렇소?"

화용군은 반색을 하며 그의 잔에 넘치도록 술을 따랐다.

방방은 화용군이 따라준 술을 이번에는 단숨에 마시지 않고 천천히 음미하듯이 마시고 나서 충분히 뜸을 들였다고 판단하고는 흡족한 표정을 지으며 넌지시 물었다.

"혹시 구주무관의 시체들에 그런 상흔이 있었던 것이오?"

"그렇소."

그것을 알기 위해서라면 어떤 대가라도 치를 준비가 되어 있는 화용군은 서슴없이 고개를 끄떡였다.

"흠, 그랬었군."

방방은 머리가 매우 크고 동그란 얼굴에 개구쟁이 같은 용모인데 이십이삼 세 정도의 나이다. 자세히 보면 약간 돌출된 주둥이와 코밑, 입가의 듬성듬성하게 자란 수염, 쫑긋한 코, 그리고 짙은 눈썹이 조합되어 마치 한 마리 삽살개 같은 모습이다.

그는 아무리 심각한 표정을 지어도 생긴 것이 익살스러워서 조금도 심각한 느낌이 들지 않는데도 제 딴에는 진지하게 턱을 주억거렸다.

"강호 형이 제남 관아에 신고하기 전까지는 구주무관의 멸문에 대해서 아무도 모르고 있었소. 구주무관이 워낙 외진 곳에 있어서 말이오."

그랬을 것이다. 구주무관은 대명호에 위치해 있기는 하지만 그곳에 가려면 산길을 빙 돌아서 올라야 하고 또 동떨어져 있어서 누가 일부러 힘들여서 찾아가 보기 전에는 그곳에서 석가모니께서 호박씨를 까고 계시다고 해도 어느 누구라도 알 수가 없었을 것이다.

구주무관에 식량과 부식 따위를 정기적으로 납품하는 성내의 점포가 사흘에 한 번씩 꼬박꼬박 물건을 싣고 들르기 때문에 화용군이 발견하지 않았으면 그들에 의해서 발견됐을 것이다.

그렇다는 것은 구주무관이 멸문당한 것이 화용군이 발견한 날로부터 사흘 전을 넘기지는 않았다는 뜻이다.

방방은 턱에 툭 튀어나온 점 하나가 있으며 그곳에 몇 가닥 긴 털이 뻗었는데 습관처럼 그걸 손가락으로 배배 꼬면서 진지한 표정으로 중얼거렸다.

"음, 혈명단이 그런 짓을 저지르다니……."

"혈명단?"

화용군은 움찔했다.

"혈명단이 분명하오?"

방방은 더욱 진지해져서 술 마시는 것도 잊었다.

"그런 것 같소. 혹시 상흔이 이렇게 생기지 않았소?"

스슥…….

방방은 손가락에 술을 찍어서 탁자에 '료' 자 같기도 하고

'정(丁)' 자 같기도 한 모양을 그렸다.

"똑같소."

"그렇다면 혈명단의 찌르기 수법인 정자세(丁刺勢)가 분명하오. 그리고……."

슥슥…….

방방은 다시 손가락에 술을 묻혀서 탁자에 새로운 글을 쓰는데 사람 납작한 '인(人)'자다.

"이런 모양의 상혼도 있었소?"

"있었소."

화용군이 여덟 '팔'자라고 생각했던 모양이다.

"여덟 '팔'자 같기도 한데 무림에선 사람 '인'자라 하여 베기 수법인 인참세(人剗勢)로 부르고 있소."

"정자세. 인참세."

방방은 단정하듯이 말하고는 술잔을 들어 입으로 가져갔다.

"정자세와 인참세는 혈명단이 자랑하는 사공세(四攻勢) 중에 두 가지요."

화용군은 돌덩이처럼 단단한 표정으로 뚫어지게 한 곳을 주시하며 생각에 잠겼다.

그는 지난번 항주에 가서 복수를 하는 과정에 부친의 상전이었던 청룡전주의 딸 한련이 항주 자봉각의 각주로 있는 것을 극적으로 만났었다.

그때 한련은 자신의 세 살 위의 오빠 한기운이 복수를 하겠다면서 스스로 혈명단에 들어갔다고 말했었다.

그런데 그 혈명단이 구주무관을 몰살시켰다니 일이 기묘하게 꼬이고 있다는 생각이 들었다.

"혈명단은 살수 집단이 아니오?"

화용군이 한참 만에 묻자 방방은 혼자 자작하면서 마시다가 고개를 끄떡였다.

"그렇소. 돈만 주면 어떤 일이라도 해치우는 피에 굶주린 늑대 같은 놈들이오."

화용군은 방금 전까지 혈명단이 어째서 구주무관을 몰살시켰을까 하고 단순하게만 생각했었다.

그런데 이제 보니 그들은 돈을 받고 대신 사람을 죽여주는 이른바 살인 청부 집단이었던 것이다. 말 그대로 돈만 주면 누구라도 죽여주는 것이다.

"그렇다면 누군가 구주무관을 몰살시켜 달라고 혈명단에 돈을 주고 요청했다는 뜻이로군."

"흠, 얘기가 그렇게 되는 것이오."

방방은 화용군의 눈빛이 이글거리고 표정이 험악한 것을 보고는 넌지시 물었다.

"짚이는 것이라도 있소?"

짚이는 곳이라면 두말하면 잔소리 백학무숙이다. 하지만

그들이 혈명단에 살인 청부를 했다는 증거가 없다.

화용군이 자신을 쳐다보자 방방은 고개를 끄떡였다.

"나한테는 괜찮소. 말해보시오."

"백학무숙이오."

방방은 조금 놀라는 표정을 짓더니 의아한 듯 물었다.

"왜 그렇게 생각하시오?"

화용군은 천하와 무림에 대해서 훤하다는 개방의 제자 방방이 백학무숙과 대명제관의 복잡한 관계에 대해서는 모르는 것 같다는 생각이 들었다. 그렇다면 말해봐야 아무 소용이 없는 일이다.

"별것 아니오."

화용군은 손을 흔들고 나서 물었다.

"혈명단을 만나려면 어떻게 해야 하오?"

방방은 고개를 가로저었다.

"그건 나도 모르겠소."

그는 마지막 술을 화용군의 빈 잔에 따랐다.

"그것에 대해서는 내가 방에 돌아가서 알아봐 주겠소."

제17장

———

패륜아(悖倫兒)

차륵……

화용군과 방방은 어두워진 후에야 주루에서 나왔다. 그때까지 두 사람은 열 병 넘는 술을 마신 상태라서 꽤 많이 취해 있었다.

두 사람은 비틀거리면서 나란히 성내 거리를 걸어갔다.

"강호 형이 궁금해하는 것에 대해서 알아내면 내가 구주무관으로 찾아가겠소."

"그래주시오."

툭—

"억?"

얘기를 나누면서 가던 방방이 누군가와 부딪쳐서 뒤로 자빠지려는 것을 화용군이 재빨리 팔을 붙잡았다.

"술을 마셨으면 앞을 잘 보고 걸으시오."

방방하고 부딪친 사람이 점잖은 목소리로 꾸짖었다. 술 마시고 비틀거리면서 걷다가 다른 사람하고 부딪친 취객에게 능히 할 수 있는 충고다.

"아아… 미안… 미안합니다……."

방방은 굽실거리는 게 습관인 듯 연신 허리를 굽혔다.

그런데 상대가 누군지 확인한 화용군의 눈초리가 상큼 치켜 올라갔다.

상대들은 여섯 명이며 모두 어깨에 검을 멨는데, 그중 두 명은 청색 경장에 붉은 허리띠와 붉은 머리띠를, 네 명은 갈색 경장에 백색 허리, 머리띠를 둘렀다.

그런데 그들 여섯 명의 왼쪽 가슴에는 한 마리 흰 학이 멋있게 수놓아져 있다.

청색 경장에는 날아가는 학이, 갈색 경장에는 날개를 접고 서 있는 학이다.

제남 성내 사람들은 그 표식이 백학무숙의 사범과 생도를 가리킨다는 사실을 너무나 잘 알고 있다.

화용군은 그들의 백학표식을 발견하고 피가 확 머리 꼭대기로 몰렸다.

맨 정신이라고 해도 백학무숙 사람을 보면 꼭지가 돌 판국이거늘, 지금은 술을 다섯 병이나 마셔서 어느 정도 취한 상태이고 보면, 그의 눈에는 백학이 아니라 구주무관에 널린 시체들을 파먹던 까마귀로 보였다.

방방을 부축한 화용군은 자신들을 막 스쳐 지나고 있는 백학무숙 사람들 들으라는 듯 중얼거렸다.

"술 안 마신 정신 멀쩡한 놈들이 알아서 피해 가면 안 되겠느냐?"

화용군보다 훨씬 더 취한 방방이 얼씨구나 하면서 백학무숙 사람들에게 삿대질을 하면서 침을 뱉었다.

"끄윽! 그래 맞다! 눈깔은 뒀다가 술 사 먹을 거냐? 똑바로 보고 다녀라! 칵!"

뒤따르던 갈색 경장 청년이 옷에 침이 묻자 발끈해서 걸음을 멈추고 한 대 때릴 것처럼 주먹을 쳐들었다.

"이 거지 새끼가?"

"어허!"

그러자 사범이 청년의 팔을 잡고 물러나게 하고는 앞으로 나서 점잖게 타일렀다.

"많이 취한 것 같은데 어서 갈 길이나 가시오."

사범은 방방의 상의가 세 번 기운 누더기, 즉 삼결(三結)이라는 것을 보고 그가 개방의 삼결제자라는 사실을 알고는 많이 양보한 것이다.

그런데 화용군이 비틀거리는 방방을 부축하면서 조금 전에 방방더러 '거지 새끼'라고 욕한 청년을 가리켰다.

"이봐 너, 방금 내 친구에게 거지 새끼라고 욕을 했느냐?"

"그래, 했다! 어쩔 테냐?"

옷에 침이 묻은 구레나룻이 시커먼 이십 대 초반의 청년은 앞으로 썩 나서며 당장에라도 한 번 어떻게 해보겠다는 듯 기세등등했다.

화용군은 얼굴을 찌푸리며 경멸하는 표정을 지었다.

"어쩐지 입이 더럽다 했더니 백학선우 그 비열한 늙은 개 새끼의 제자들이었군?"

"뭐, 뭐야?"

"이 자식이!"

백학무숙의 관주이며 대명제관의 절대자인 백학선우를 늙은 개새끼라고 조롱했으니 백학무숙의 사범이며 생도들의 눈이 확 뒤집히는 것은 당연했다.

백학무숙이 혈명단에 살인 청부를 해서 구주무관이 멸문했을 것이라고 굳게 믿고 있는 화용군은 이 자리에서 눈앞에 있는 백학무숙 떨거지들을 모두 죽여 버리고 싶었다.

그렇지만 자신이 먼저 도발을 해서 싸움이 시작되면 나중에 곤란한 일이 생길 것이기 때문에 이들이 공격적으로 나오기를 유도하고 있는 중이다.

"너희는 내 친구를 거지 새끼라고 욕해도 되고 나는 백학선우 늙은 개새끼를 늙은 개새끼라고 하면 안 되느냐?"

"이… 이놈이 감히 대사부님을 모욕하다니!"

"이놈 자식! 주둥이에 검을 꽂아주겠다!"

차창!

"멈춰라!"

여섯 명 중에 생도 두 명이 물불 가리지 않고 어깨의 검을 뽑는 것과 동시에 화용군에게 달려들었다. 사범들이 소리쳤지만 생도들의 귀에는 들리지 않았다.

백학무숙뿐만 아니라 대명제관의 무도관들에서 생도가 검을 휴대하고 외출을 할 정도면 수료를 일, 이 년 남겨둔 최고참들이어야 가능하다.

백학무숙에서 수료를 일, 이 년 남겨둔 생도라면 실력이 대단할 터이다.

쐐애액!

사범들이 말릴 새도 없이 생도 두 명이 맹렬하게 검을 휘두르며 화용군을 공격하는데 백학무숙에서 자랑하는 최고의 검술이 전개되었다.

말리려고 하면 못 말릴 상황이 아닌데도 사범들은 적극적으로 말리지 않았다.

대사부에게 늙은 개새끼라고 욕하는 것은 최고의 모욕이다. 그런 자라면 죽어 마땅하다고 생각하기 때문이다.

만약 생도가 화용군을 죽인다면 사범들도 속이 후련할 것이다. 두 명의 생도에겐 백학무숙 내에서 형식적인 약간의 꾸짖음과 징벌이 가해지겠지만, 그들은 곧 백학무숙 내에서 작은 영웅이 될 것이다.

무림인들이 절대로 참을 수 없는 것은 모욕이다. 그것을 처리한 생도라면 당연히 영웅으로 받들어질 터이다.

두 명의 사범이 보기에 자신들이 자랑스럽게 여기는 두 명의 생도가 신랄하게 휘두르는 검 아래 화용군이 곧 피를 뿌리며 쓰러질 것 같았다.

화용군은 왼손으로 방방의 팔을 잡고 뒤쪽으로 슬쩍 당겨서 안전한 방향으로 피신시키며 동시에 오른손으로 발검하면서 발칙한 백학무숙의 두 생도에게 반격해 나갔다.

그에게 두 생도를 상대하는 것은 땅 짚고 헤엄치는 것이나 다름이 없다.

키잉—

백학무숙의 두 명의 사범은 키잉— 하는 특이한 검명을 듣고 흠칫했다.

그것은 한 번도 들어본 적이 없는 검명인데 어떻게 해야지만 그런 소리가 나는지 알지 못했다.

그런 검명이 나려면 지금 두 명의 생도가 그어가는 검의 속도보다 최소한 세 배는 빨라야지만 가능하다. 그러니 사범들은 죽을 때까지 자신들의 검에서 그런 소리를 내지 못할 것이다.

파아아—

"끅!"

"컥!"

답답한 두 마디 신음이 흐르며 공격하던 두 생도의 몸이 멈칫 정지했다.

당했다는 것을 직감한 두 명의 사범과 두 명의 생도 도합 네 명이 한꺼번에 발검하며 화용군에게 짓쳐갔다. 이제는 대사부를 모욕한 것이 문제가 아니라 동료가 당했으니 당연히 복수가 뒤따라야 하는 것이다.

"이놈!"

"죽어랏!"

쉬이익!

쐐애액!

네 자루 검이 허공을 가르면서 화용군을 향해 소나기처럼 쏟아졌다.

전진하면서 두 명의 생도의 목을 자른 화용군은 나머지 네 명이 공격해 올 것이라고 예상하고 있었으므로 충분한 대비가 되어 있는 상태다.

그는 왼손으로 잡고 있던 방방을 놓으면서 상체를 숙이며 곧장 네 명의 한복판으로 짓쳐 들어갔다.

구주무관 관주인 단운택으로부터 자신을 능가하는 실력이라고 입에 침이 마르도록 칭찬을 받았던 화용군이다.

무림 최고의 검법을 집대성한 무당파의 십대검법 중에서 태극혜검을 최후의 칠 초식까지 연성한 사람은 현존하는 사람으로 열 손가락 안에 꼽힌다고 하는데 화용군이 바로 그중 한 사람이다.

말하자면 대명제관을 통틀어서도 화용군과 일대일로 대적할 만한 인물이 세 손가락으로 꼽을 정도이거늘 이런 허접한 사범과 생도 네 명쯤이야 왼손으로 상대해도 이 초식 감이다.

그래도 자타공인 대명제관 최고라는 백학무숙에서 생도를 가르치는 사범의 신분인 두 명은 솜씨가 제법 빠르고도 경쾌했다.

그러나 화용군은 허리를 완전히 앞으로 접은 채 그들의 아래로 물 흐르듯이 지나가면서 위로 검을 번개같이 한 번 찌르고 한 번 휘둘러 그었다.

파곽!

"끅!"

"끅!"

오른팔에 야차도가 들어 있어서 팔을 제대로 굽히지 못하는 자세에서도 그는 사범 한 명의 목을 아래에서 위로 꿰뚫고 또 한 명은 목을 절반쯤 잘랐다.

그러고는 갑자기 오른쪽으로 방향을 꺾었다가 측면에서 나머지 생도 두 명의 옆머리를 검첨으로 콕콕 찔러서 구멍을 내버렸다.

푸푹!

"악!"

"흐악!"

화용군은 백학무숙의 사범과 생도 여섯 명이 미처 쓰러지기도 전에 검을 어깨의 검실에 꽂고 제자리로 돌아와서 방방의 손을 잡고는 아무 일도 없었다는 듯 인파 속으로 스며들었다.

쿠쿠쿵!

화용군과 방방이 인파 속으로 이 장쯤 전진했을 때 여섯 명이 쓰러지는 소리와 행인들의 찢어지는 듯한 비명 소리가 뒤를 이었다.

"아악! 살인이다!"

"끄아아! 목이 잘렸어!"

"정당방위였소. 내가 똑똑하게 봤소. 나중에 문제가 생기면 내가 증인이 돼주겠소!"

다른 주루로 가서 술을 한 잔 더 하는 동안 방방은 그 말을 이미 열 번도 넘게 하고 있는 중이다.

방방은 이곳에 와서 술을 세 병이나 더 마셨는데도 오히려 술이 다 깨버린 모습이다.

그는 지나치게 흥분한 상태다. 화용군이 백학무숙의 여섯 명을 단 한 호흡 만에 모조리 쓰러뜨리는 광경을 반 장 눈앞에서 생생하게 목격했기 때문이다.

더구나 자신을 거지 새끼라고 부른 것 때문에 벌어진 싸움이라서 더더욱 감읍했다.

맹세하건대, 방방은 그런 멋진 솜씨를 이날까지 한 번도 본 적이 없었다.

그 광경이 얼마나 아름답던지 그러면 안 되는 상황인데도 그는 두 눈에 눈물이 글썽하게 고였었다.

"나 방방… 강호 형에게 반했소. 정말이오."

그는 자신을 거지 새끼라고 백학무숙 생도를 꾸짖는 것으로도 모자라서 죽이기까지 한 화용군에게 표현할 길 없는 깊은 감동을 받았다.

그리고 그의 군더더기 한 점 없는 실로 깔끔하고 우아하기까지 한 칼 솜씨는 심금을 울렸다.

탁!

"그렇소!"

그는 무슨 생각이 났는지 술잔을 탁자에 내려놓으며 탄성을 터뜨렸다. 술이 엎질러져서 손을 적시는 것도 몰랐다.

"궁극(窮極)의 재주 궁극기(窮極技)였소. 강호 형의 솜씨는 그렇게밖에는 표현할 방법이 없소."

화용군은 방방이 떠들거나 말거나 내버려 두고 묵묵히 술만 마셨다.

아까 여섯 명의 백학무숙 떨거지를 죽였을 때에는 심장이 멎을 것처럼 짜릿한 통쾌감이 온몸을 휩쓸었었다.

그리고 그 여운이 반 시진이나 지난 지금까지도 남아 있어서 그걸 음미하고 있는 중이다. 그러니 방방의 침을 튀기는 찬사가 귀에 들어올 리가 없다.

두 사람은 같은 탁자에 마주 앉아 있지만, 그는 그대로 방방은 방방대로 딴 세상에 있다.

화용군은 아까 대로상에서 벌어졌던 일을 절대로 후회하지 않았다.

방방 말대로 백학무숙 놈들이 먼저 공격했기 때문에 그건 엄연히 정당방위였다.

아니, 정당방위고 뭐고 간에 백학무숙이 그 일을 갖고 복수입네 뭐네 하고 따지고 든다면 얼마든지 상대해 줄 자신이 있다.

화용군은 어지간히 취했고 그래서 취중에 자신만만하게 주먹으로 탁자를 치면서 중얼거렸다.

탕!

"백학선우 그 늙은 개새끼가 온다고 해도 상대해 줄 수 있다 이거다……."

"강호 형, 뭐라고 말했소……?"

"별것 아니오."

"흠냐……."

갑자기 긴장이 풀린 방방은 그대로 탁자에 푹 엎어지더니 잠들어 버렸다.

화용군은 세 병의 술을 더 마신 후에 방방을 그대로 놔둔 채 주루를 나왔다.

혼자서 술을 열 병 넘게 마신 화용군은 몹시 취해서 정신이 오락가락했다.

흐릿하게나마 정신이 남아 있기도 하고 아예 정신을 잃을 때도 있었다.

그런데 흐릿한 정신이 드문드문 끊어질 듯이 이어지고 있는 탓에 그는 자신이 계속 정신을 차리고 있다는 착각에 빠져 있었다.

오늘 밤에는 그동안 억눌렀던 슬픔이 한꺼번에 온몸을 흠뻑 적시는 것 같았다.

그리고 동시에 눈에 거슬리는 것은 모조리 닥치는 대로 죽이고 싶은 분노가 폭발했다.

"술 가져와."

"그만 마셔요."

"어… 넌 뭐야?"

화용군은 끊어졌던 정신이 다시 들었다. 그는 자신의 맞은편에 그림처럼 앉아 있는 여자를 발견하고 게슴츠레한 눈을 조금 크게 떴다.

여자는 의미도 영혼도 없는 흐릿한 미소를 피식 지었다. 화용군이 넌 뭐냐고 똑같은 질문을 벌써 세 번째 하고 있기 때문이다.

"저는 기녀예요."

"기녀?"

"네."

화용군은 반쯤 감은 흐리멍덩한 눈으로 아담한 기녀의 방을 둘러보았다.

"여긴 네 방이냐?"

"네."

화용군은 맞은편에 앉은 기녀를 제대로 보려고 자꾸만 눈을 껌뻑거렸다.

그런데 누가 그의 몸을 흔들기라도 하는 것처럼 자꾸 상체가 좌우로 흔들렸으며 겨우 반 장 거리에 앉아 있는 기녀의 모습이 일렁거리며 흐릿하게만 보였다.

꼭 기녀의 얼굴을 봐야만 하는 게 아니기 때문에 그쯤에서 포기하고 술잔을 들었다. 그런데 빈 잔이라서 방금 전에 했던 말을 또 했다.

"술 가져와."

"이미 충분히 취했어요. 제 방에 와서 벌써 다섯 병이나 드셨어요."

화용군은 바로 앞에 앉은 여자의 모습이 보이지 않을 정도로 취했지만 오늘만큼은 더 마시고 싶었다.

구주무관의 멸문이 전가해 주는 깊이를 측량하기 어려운 억압된 슬픔과 분노가 한꺼번에 터져 버린 밤이다. 술밖에는 그를 위로해 줄 것이 없다는 생각이다.

"술 줘."

화용군은 자신이 벌써 여러 번 술을 달라고 채근을 하고 있다는 생각이 어렴풋이 들었다. 그런데도 앞에 앉아 있는 기녀에게 화가 나지 않았다.

술이 너무 취한 탓에 그녀의 얼굴은 제대로 보이지 않지만 목소리가 아주 포근했다.

그 목소리에는 강한 설득력과 제어력, 그리고 호소력이 깃들어 있어서 함부로 대할 수가 없었다.

철컥……

화용군은 검실을 풀어서 바닥에 내려놓고 상의를 벗어 야차도 칼집마저 벗어서 내려놓은 후에 다시 상의를 입었다. 잘 때조차도 벗지 않는 야차도 칼집까지 벗었다는 것은 아예 모든 것을 내려놓고 마시겠다는 뜻이다.

"절대로 너를 해치지 않으마."

기녀는 상체를 흔들지 않고 혀가 꼬이는 말만 하지 않으면 천하에 더 이상 비교할 대상이 없을 정도로 아름답게 생긴 청년을 말끄러미 응시하다가 고개를 끄떡였다.

"알았어요."

기녀는 하녀를 불러서 술을 가져오게 했다.

쿵!

화용군이 이번에는 품속에서 주먹만 한 크기의 가죽 주머니를 꺼내 탁자에 내려놓았다. 그 안에는 은자 오십 냥쯤이 들어 있었다.

"이거 받고… 나 취하더라도 여기서 좀 재워줘……"

"그럴게요."

기녀는 듣기만 해도 편안해지는 사근사근한 목소리로 그러겠노라고 대답했다.

화용군은 엉망진창으로 취한 상태에서 기녀와 정사를 나누었다.

정사를 하는 동안 몸뚱이는 기녀를 범하고 있지만 그는 머릿속으로 정혼녀나 다름이 없는 단소예를 떠올렸다.

죽었는지 살았는지 생사를 알 길 없는 열여섯 살 단소예를 홀딱 벗기고 머리끝에서 발끝까지 알뜰하게 사랑하고 학대하면서 짓밟는 상상을 했다.

그런데 자꾸만 다른 여자의 얼굴이 산만하게 떠올라서 그를 괴롭혔다.

아니, 여자가 아니라 어린아이다. 열두 살 솜털이 보송보송한 소녀는 그 옛날 남경 북하진 갈대숲 속에서 날카로운 입맞춤을 하면서 나중에 만나면 꼭 혼인을 하자고 맹세를 했던 유진이다.

"아아아……."

그의 육중한 몸 아래에서 슬프도록 가녀린 몸매의 기녀가 바르르 떨면서 절정으로 치달으며 열 손가락으로 그의 넓은 등을 긁고 할퀴었다.

화용군은 번쩍 눈을 떴다.

깜빡 잠이 들었나 보다. 아직도 머리가 몽롱하고 정신이 없는 것을 보니까 그리 오래 자지는 않은 듯했다.

눈을 뜨고 나서도 움직이지 않은 상태에서 눈동자를 가만히 굴려보니까 어둠 속에서 그는 기녀의 벗은 가슴에 얼굴을 묻은 자세였다.

바로 코앞에 탐스러운 젖가슴이 있어서 유두를 가만히 입안에 물고 살짝 힘주어서 빨았다.

"아……."

기녀가 뒤척이는 것 같더니 잠에서 깨어 손으로 그의 머리를 쓰다듬었다.

마치 엄마가 어린 아기에게 젖을 물리고 머리를 쓰다듬는 것처럼 애정이 넘치는 손길이었다.

"깼어요?"

"술 마시자."

그가 유두를 뱉어내고 말하자 그녀는 그의 뒷머리를 앞으로 당겨서 가슴에 묻었다.

"그냥 자요."

"으음……."

화용군은 그녀의 젖가슴을 빨다가 욕정이 크게 일어나서 다시 한 차례 격렬한 정사를 나누었다.

"나… 기녀 생활을 꽤 오래했는데……."

두 번째 정사 후에 똑바로 누워 있는 땀범벅의 화용군 몸 위에 역시 온몸이 땀에 젖은 기녀가 몸을 포개 엎드려서 입술을 나풀거리며 아직도 흥분이 가시지 않은 듯 색색 가쁜 숨소리를 냈다.

"쾌감을 느끼기는 이번이 처음이에요."

"그랬어?"

화용군은 의미 없이 기녀의 포동포동한 둔부를 쓰다듬으며 대거리를 했다.

"네. 당신처럼 좋은 사내라면 낭군으로 평생 모시면서 살고 싶어요."

"훗. 나는 팔자가 죽어라고 억센 놈이야."

"후후… 설마 나보다 억셀까……."

기녀가 뜨거운 입김을 가슴에 뿜으면서 뜨거운 몸을 꿈틀거리고, 그녀의 탐스러운 둔부와 계곡 속을 손가락으로 더듬다 보니까 또 슬며시 욕정이 발동한 그는 그 자세에서 그냥 그녀의 몸속에 깊숙이 삽입했다.

"아……."

기녀는 세차게 몸서리치면서 천천히 부드럽게 몸을 움직였다. 그러면서 행복한 듯한 목소리로 물었다.

"흐응… 당신은 어떤 사람이에요?"

"음… 나 말인가?"

"네. 궁금해요."

그녀는 기녀 생활을 오래했지만 한 번도 손님에 대해서 궁금했던 적이 없었다는 말은 하지 않았다.

"내 고향은 원래 항주였어."

그는 자신의 몸 위에서 기녀가 천천히 박자를 맞추듯이 움직이도록 내버려 두고는 자신의 신세에 대해서 엉킨 실타래를 풀듯이 얘기하기 시작했다.

"으으……."

화용군은 머리가 쪼개지는 듯한 아픔을 느끼면서 잠에서 깨어났다.

어제 오후부터 개방 제자 방방하고 마시기 시작하여 밤늦도록 쉬지 않고 마셨으니까 고주망태가 됐었다.

반쯤 열려 있는 창으로 밝은 햇살이 쏟아져 들어와 실내를 환하게 밝히고 있었다.

슥―

침상에서 일어난 그는 몸을 가누기도 힘든 상태인데도 힘들게 옷을 챙겨 입고 검을 묶어서 메고는 천천히 실내를 둘러보았다.

낯선 방이다. 좁고 아담하지만 기분 좋은 향기가 폴폴 풍기는 것이 마음에 들었다.

그렇지만 여기에 들어온 기억도, 이곳에서 무엇을 했는지 기억이 정확하게 나지 않았다.

다만 아주 좋은, 그리고 꿈결처럼 편안한 여자와 술을 마시고 정사를 하며 하룻밤을 보냈다는 희미한 기억만 아련하게 남아 있을 뿐이다. 그런데 그녀는 어디에 있는지 보이지 않았다.

기루를 나선 그는 이곳이 제남에서 기루 거리로 유명한 황하(黃河) 강변이라는 사실을 알고 실소를 금치 못했다.

오 리에 이르는 강변에는 백오십여 개의 기루가 처마를 맞대고 다닥다닥 붙어 있으며, 천하의 내로라는 절색기녀들이 다 모여 있노라고 사형 도비효가 말했던 기억이 났다.

화용군은 자신이 방금 나온 기루를 다시 한 번 돌아보고 싶은 생각조차 들지 않았다. 자신의 헝클어졌던 모습을 그 정도로 돌이키고 싶지 않다는 뜻이다.

앞으로 세상을 살아가면서 어제처럼 미친 듯이 술을 마시는 날은 두 번 다시없을 것이라고 각오하면서 호숫가를 휘적휘적 걸어갔다.

저벅저벅…….

방금 화용군이 나온 기루는 오 층의 커다란 누각이고, 가장 꼭대기인 오 층의 어느 창 안쪽에서 한 여자가 아래를 굽어보고 있다.

그녀는 이곳 기루에서도 벙어리꽃 '아화'라는 이름으로 불리고 있는 화수혜다.

그녀의 모습은 뼈에 가죽만 입혀놓은 것처럼 깡말랐으며 얼굴에는 병색이 완연했다.

또한 그녀는 눈빛이 총명하지 않고 흐리멍덩했다. 그녀는 이곳 기루에 소속되어 있으나 영업을 하지는 않는다.

이곳에 온지 얼마 되지 않았을 때 지나가는 뜨내기손님과 몸을 섞었는데 그에게서 몹쓸 병 음창(陰瘡:매독)이 옮았기 때문이다.

음창에 걸리면 약이 없으며 죽을 날만 기다려야 한다. 손님과 몸을 섞으면 그에게 음창을 옮기 때문에 영업도 할 수가 없는 신세다.

음창이 심해지면 온몸이 짓무르고 고름이 흐르면서 썩어들어가 끝내 죽는다는데 아직 그녀는 그 지경까지는 아니고 음부만 다 문드러진 상태다. 그렇지만 의원의 말로는 한 달내로 몸이 썩기 시작할 테고 길어야 두세 달을 넘기지 못하고 죽을 것이라고 했었다.

먼 하늘을 바라보고 있는 화수혜의 두 눈에서는 눈물이 그칠 새 없이 하염없이 흘렀다.

목숨보다 더 소중하고 그리운 남동생 화용군을 찾아서 제 남까지 왔지만 그녀는 대명제관 어디에서도 그를 찾을 수가 없었다.

대명호 둘레에 있는 무도관들을 발품을 팔아서 일일이 다 돌아다니며 화용군을 찾아봤으나 뜻을 이루지 못했다.

며칠 전에는 아픈 몸을 이끌고 절벽 꼭대기에 있다는 구주무관이라는·곳을 찾아갔었는데 기겁을 하고 말았다. 그곳에는 살아있는 사람은 한 명도 없으며 시체들만 잔뜩 깔려 있고 피가 냇물이 되어 흐르고 있었기 때문이다.

이제 그녀는 얼마 살지 못한다. 그런데 남동생은 백학무숙은 물론이고 대명제관 어디에도 없다.

이런 상황이기 때문에 그녀에겐 단 한 올의 희망조차도 남아 있지 않다.

"군아……."

아까부터 그리운 동생의 이름을 수없이 되풀이하고 있는 그녀다.

그러나 저만치 호숫가를 따라서 멀어지고 있는 화용군의 뒷모습이 있지만 그녀는 그쪽으로는 한 번도 시선을 주지 않고 하늘만 바라보았다.

운명은 안타깝고 또 잔인하다. 복된 운명이란 언제나 극소수 인간들의 몫이지 화용군이나 화수혜처럼 버려진 사람들하고는 거리가 멀다.

"흐흑… 군아……."

나직하게 흐느끼는 그녀는 잠시 하늘을 더 바라보다가 입술을 힘껏 깨물더니 창밖으로 훌쩍 몸을 던졌다.

그녀는 한 송이 꽃처럼 허공을 나풀거리며 추락하여 강물로 떨어졌다.

풍!

그녀는 무엇이 두려운지 아니면 무엇이 부끄러운지 두 손으로 얼굴을 꼭 가린 채 미동도 하지 않으며 천천히 물속으로 가라앉았다.

'이런…….'

기루에서 나온 지 일각이나 지나서야 화용군은 야차도를 기방에 두고 왔다는 사실을 깨달았다. 영혼을 빠뜨리고 올망정 야차도를 두고 오다니, 스스로가 하도 멍청해서 머리라도 갈겨주고 싶었다.

지난밤에 얼마나 많이 술을 마셨던지 아직도 술이 깨지 않아서 머리가 어질어질하고 속이 메스꺼웠다.

야차도를 잃어버릴 수는 없는 일이라서 그는 다시 기루로 발길을 돌렸다.

저벅저벅…….

화용군은 계단을 따라서 줄곧 위로 올라갔다.

매선(梅善)은 몹시 기분이 좋았다. 콧노래가 절로 나올 정
도로 이렇게 흥거운 적은 기녀가 된 삼 년 동안 한 번도 없었
던 일이다.

지난밤에 그녀는 천하에서 가장 아름다운 사내를 손님으
로 받아서 그와 세 차례나 정사를 나누었으며 세 번 다 쾌락
의 절정을 맛보았다.

그런 남자라면 부인이 아니라 하녀가 돼서라도 평생 곁에
서 모시고 싶을 정도였다.

한 가지 아쉬운 것이 있다면 그녀가 아침에 그 멋진 사내에
게 맛있는 해장국을 직접 만들어주려고 주방에 갔다가 온 사
이에 그가 사라졌다는 사실이다.

한바탕 일장춘몽처럼 아쉬운 일이지만 그래도 온몸이 기
분 좋은 뻐근함으로 충만한 것을 보면 지난밤에 그와 세 차례
극도의 절정을 치달린 일이 정녕 꿈은 아니었다.

척!

자신의 방에서 나온 매선은 지난밤의 멋진 일을 제일 친한
친구에게 얘기해 주고 싶어서 그녀의 방으로 향했다.

저벅저벅…….

삼 층으로 오르는 계단 옆을 지날 때 누군가 계단을 오르는

뒷모습을 얼핏 봤다.

그의 뒷모습이 지난밤 그 멋진 사내 같았으나 매선은 곧 쓸쓸한 미소를 지었다. 한 번 떠난 그가 다시 찾아올 리가 없기 때문이다.

더구나 그가 다시 찾아온다면 그녀가 있는 이 층으로 올 것이지 삼 층으로 올라갈 이유가 없다.

화용군의 기억이 틀리지 않다면 그가 아침에 나왔던 기방은 삼 층 왼쪽 낭하의 마지막 방이었다.

그는 지난밤에 질펀한 정사를 나누었던 매선이 계단을 오르는 자신의 뒷모습을 얼핏 봤다는 사실도 모르는 채 계속 걸음을 옮겼다.

저벅저벅…….

지금은 늦은 아침나절이라서 그는 누구의 방해도 받지 않고 곧장 그 방까지 갈 수 있었다.

"흑흑……."

그런데 낭하 끝 그가 가고 있는 방 안에서 누군가의 울음소리가 흘러나오고 있었다.

화용군은 지난밤 자신과 함께 잤던 기녀가 울고 있는 것이라고 생각했다.

아까 그가 깨어나서 나올 때는 아무도 없었는데 지금은 기녀가 울고 있으니까 기분이 좀 께름칙했다.

그래도 걸음을 멈추지 않았다. 기녀가 울든 말든 상관하지
않고 자신은 야차도를 찾아서 빨리 나오면 그만일 것이라고
생각했다.

문이 열려 있어서 그는 그냥 방 안으로 들어갔다. 낮은 울
음소리는 침상 쪽에서 들려오고 있었다.

침상의 휘장이 걷어져 있는데 침상가에 한 여자가 뒷모습
을 보인 채 앉아서 낮게 흐느끼고 있으며, 그녀의 앞쪽 침상
에는 한 여자가 반듯하게 누워 있었다.

그녀는 방에 화용군이 들어왔는지도 모른 채 고개를 숙이
고 계속 흐느끼기만 했다.

화용군은 실내를 두리번거리다가 창가의 차탁(茶卓) 위에
야차도가 칼집에 들어 있는 상태로 가지런히 놓여 있는 것을
발견하고 그쪽으로 걸어갔다.

그는 차탁 앞에 서서 검실을 풀어 내려놓고 상의를 벗어 맨
몸 상체를 드러내고는 거기에 야차도 칼집을 찼다.

덜그럭……

그다지 조심하지 않았기 때문에 검을 차탁에서 집어들 때
작은 소리가 났다.

"누… 구세요?"

낮게 흐느껴 울던 여자의 울음소리가 그치더니 잠시 후에

놀란 얼굴로 화용군의 뒷모습을 보면서 물었다.

화용군은 서두르지 않고 검을 마저 어깨에 묶고는 천천히 돌아섰다.

"혹시……."

여자는 창을 등지고 서 있는 화용군에게 시선을 고정시킨 채 의자에서 일어나 휘장 밖으로 걸어 나왔다.

"지난밤에 아화와 함께 보낸 손님이신가요?"

화용군은 관심 없다는 듯 문 쪽으로 걸어가며 중얼거리듯이 대답했다.

"아화가 누군지 모르지만 이 방 기녀와 같이 있었소."

"그렇다면 손님께선 아화가 왜 죽었는지 아나요?"

"죽어?"

화용군은 걸음을 뚝 멈추고 미간을 찌푸린 채 침상을 쳐다보았다.

"그녀가 죽었다는 말이오?"

여자, 즉 아화와 가장 친한 동료 기녀는 그가 침상을 잘 볼 수 있도록 옆으로 비켜서면서 또다시 흘러내리는 눈물을 손등으로 닦았다.

"네. 아까 갑자기 오 층 창에서 강물로 뛰어내렸다는 거예요… 흑!"

화용군은 어이없는 표정을 지었다. 지난밤에 같이 술을 마시고 또 몸을 섞은 기녀가 느닷없이 기루 오 층 창에서 강물로 뛰어내렸다는 것이 이해가 되지 않았다.

"아침 내내 넋 나간 표정으로 남동생 이름을 부르면서 울더니… 제가 일이 있어서 잠깐 곁을 떠난 사이에 오 층으로 올라가서 뛰어내렸어요."

화용군은 어이없는 표정을 지었다. 그는 침상에 반듯하게 누워 있는 여자가 기녀 아화일 것이라고 생각하면서 잠시 망설이다가 이윽고 천천히 다가갔다.

"그래서 죽었다는 말이오?"

"으흐흑……! 죽었어요……! 목격자의 말에 의하면 아화는 허우적거리지도 않고 얌전하게 강물 아래로 가라앉았대요. 그녀를 건져 온 사내도 그녀가 강바닥에 자듯이 가라앉아 있었다고 말했어요……."

화용군은 얼굴을 찌푸리며 계속 걸어갔고 뒤에서 동료 기녀의 울음소리가 그의 등을 때렸다.

"어흐흑! 동향(同鄕)인 항주 출신이라고 둘이 서로 의지하면서 지냈는데… 흑흑… 남동생을 만나기도 전에 이렇게 속절없이 가버리다니……."

'항주?'

화용군은 '항주'라는 말이 뒷덜미를 낚아채는 듯한 느낌을 받으며 휘장 안으로 들어섰다.

그의 시선이 침상 위에 하얀 상의에 역시 하얀 긴 치마를 입고 두 손을 가슴에 가지런히 얹은 채 자는 듯이 고요히 누워 있는 기녀 아화의 얼굴로 향했다.

사실 그는 아화의 얼굴을 모른다. 지난밤에는 너무 취해서 인사불성 상태였기 때문에 그녀의 얼굴을 제대로 보지 못했으며 설혹 봤다고 해도 기억하지 못할 것이다.

그는 침상가에 멈춰서 아화의 얼굴을 물끄러미 굽어보았다. 그하고는 아무런 연관이 없는 여자이지만 그래도 하룻밤 정을 통한 관계인지라 모른 체할 수가 없다.

사실 그도 약간은 충격을 받았다고 할 수 있다. 그는 지난밤에 기녀에게 남자로서의 첫 동정을 바쳤었다. 그런데 자신과 몇 번이나 격렬하게 정사를 나누었던 뜨거운 육체를 가진 여자가 지금은 싸늘한 시체로 변했다는 사실이 쉽사리 믿어지지 않았다.

여자의 얼굴은 핏기 한 점 없이 창백하고 깡말랐다. 그리고 죽었다는 사실이 믿어지지 않을 만큼 평온했고 또 아름다웠다.

지난밤에는 기녀로서 짙은 화장을 했겠지만 지금은 얼굴에 아무것도 바르지 않은 맨얼굴이다. 그래서인지 더욱 청초하고 아름다운 모습이다.

"어?"

그런데 문득 기녀 아화의 얼굴이 육 년 넘게 보지 못한 누나 화수혜의 얼굴로 보였다.

절대로 그럴 리가 없는데 왜 하필 기녀의 얼굴에 누나의 얼굴이 겹쳐져서 보이는 것인지 모를 일이다.

그는 고개를 세차게 가로저어서 이 기분 나쁜 착시 현상을 떨쳐 버리려고 했다.

그런데 두 번 세 번 고개를 있는 힘껏 흔들었는데도 여전히 기녀 아화가 누나로 보였다.

"이런……."

그는 손으로 두 눈을 힘껏 비볐다. 술이 아직 덜 깼는지 아니면 잠이 부족한 것인지 모를 일이다.

눈알이 빠질 만큼 한동안 힘껏 두 눈을 비비고 나서 기녀를 굽어보면서 이번에야말로 누나가 아닌 기녀로 제대로 보일 것이라고 생각했다.

"뭐야, 도대체……."

그런데도 누워 있는 여자가 여전히 누나 화수혜로 보이고 있으니 귀신이 곡할 노릇이다.

육 년 전 헤어질 당시 십칠 세였던 누나는 이십이삼 세 정도의 성숙한 모습으로 변했을 뿐이지 육 년 전의 모습이 거의 그대로 남아 있었다.

반면에 그 앞에 서 있는 화용군은 육 년 전의 그 비루먹은

강아지 같은 조그맣고 초라한 열두 살 어린 소년이 더 이상
아니다.

누군가 그를 잘 아는 사람이 그를 보더라도 절대 알아볼 수
없을 정도로 헌칠한 청년으로 변모한 모습이다.

"으으… 이게 무슨 수작이냐?"

그는 뒤쪽에 서 있는 기녀의 멱살을 거칠게 와락 움켜잡고
흔들었다.

"끄으윽… 끅……."

"이년! 누구에게 무슨 사주를 받고 이따위 수작을 부리는
것이냐 엉?"

"끄으으……."

기녀는 얼굴이 새빨개져서 눈에서 눈동자가 사라졌다. 그
는 가볍게 잡고 흔드는 것이지만 기녀는 목뼈가 부러질 것 같
은 엄청난 충격을 받은 것이다.

화용군은 기녀가 죽을 것 같아서 뒤늦게 아차 싶어서 기녀
의 멱살을 놓아주었다.

털썩!

기녀는 바닥에 쓰러져서 그대로 혼절해 버렸다.

그는 넋 나간 멍한 얼굴로 침상의 기녀 아화를 물끄러미 굽
어보았다.

머리를 흔들어도, 눈을 문지르고 닦아도 침상의 여자는 누

나 화수혜가 분명했다.

육 년 전 겨울비가 살갗을 에면서 파고들던 그날 은자 삼백 냥에 자신을 팔아 그 돈을 화용군에게 주고 남경 선아루로 들어가던 초라하고 가련한 누나의 모습에서 조금 변하기는 했어도 틀림없는 누나다.

그런데 그녀가 이 방 주인 기녀 아화라니…….

'설마…….'

화용군은 부들부들 떨면서 간절한 마음으로 빌었다. 지난밤에 자신과 술을 마시고 세 번씩이나 정사를 나누었던 기녀와 누나는 다른 여자라고 말이다.

그러나 그게 사실이라면, 세상천지에 그따위 패륜(悖倫)과 패덕(悖德)은 없을 것이다.

누나와 정사를 하다니… 짐승조차도 한 어미에게서 태어난 것들끼리는 교미를 하지 않는다.

하물며 머리 검은 인간이 어찌 짐승만도 못한 짓을 할 수 있다는 말인가.

술이 그렇게 엉망진창 취하지 않았더라면 누나를 알아봤을 것이다.

누나를 탓할 수는 없는 일이다. 엄청나게 키가 커버리고 까칠한 수염에 태산처럼 딱 벌어진 체격으로 변해 버린 그를 그 옛날 허약한 남동생이라고는 상상조차 하지 못했을 테니까 말이다. 그녀는 단지 두고 온 고향과 다시 만날 남동생을 애타게 그리워하던 소박한 여자였을 뿐이다.

그러나 정작 그 남동생을 만났을 때에는 기녀였다. 기녀로서 남동생을 접대하고 얄궂게도 그에게서 남자를 느껴 버렸던 것이다. 더러운 그리고 비열한 운명이다.

만약… 만약에 그 생각하는 것조차도 소름 끼치는 일이 정녕코 사실이라면, 화용군은 절대로 머리 위에 하늘을 이고 살수가 없다.

혀를 뽑아버려서 죽거나 칼로 목을 찔러서 죽든가 배를 갈라서 내장을 다 쏟아내서 죽거나 하여튼 스스로 목숨을 끊어야만 한다.

누나가 기루 오 층에서 강물로 뛰어내려 스스로 목숨을 끊었다는 것은 자신이 지난밤에 정사를 했던 손님이 남동생이라는 사실을 마침내 알았기 때문일 것이다.

화용군의 흔들리는 초롱불 같은 흐릿한 기억 속에서 아슴아슴 고개를 쳐드는 것이 있다.

몇 번째인가 정사를 할 때 기녀가 '당신은 어떤 사람인가요?'라고 물었던 것 같았다.

그래서 그는 한동안 주절주절 자신의 신세타령을 했던 기억이 난다.

그때 그의 신세타령을 듣고 기녀는 비로소 누나가 되었을 것이다.

남동생의 음경을 자신의 몸속에 집어넣고 흥분으로 몸을 떨고 있던 그녀가 과연 얼마나 큰 충격을 받았을지 화용군은 감히 상상하는 것조차도 두렵고 죄스럽다.

그래서 그녀는 스스로 오 층에서 강으로 뛰어내려 목숨을 끊은 것이다.

그토록 만나고 싶어 했던 남동생과 정사를 나눈 패륜의 죄를 혼자 뒤집어쓰고 자살이라는 최후의 선택을 함으로써 남동생에게는 면죄부를 주려 했던 것이다.

만약 화용군이 야차도를 찾으러 기루에 돌아오지 않았다면 그는 아무것도 몰랐을 것이다. 어쩌면 그편이 더 좋지 않았을까?

그러나 잔인한 운명이란 놈은 그러지 않았다. 그 사실을 그에게 알게 하여 이토록 처절하게 짓밟으며 숨 죽여서 키득이며 쾌락을 만끽하고 있다.

"아……."

그때 쓰러져서 혼절했던 기녀가 신음을 흘리면서 정신을 차렸다.

화용군은 그녀를 굽어보면서 건조한 목소리로 물었다. 이제 마지막 확인을 해야만 한다.

"이 여자의 본명이 무엇이오?"

기녀는 감히 그를 쳐다보지도 못하고 고개를 숙인 채 벌벌
떨면서 더듬거렸다.

"아마⋯ 화수혜⋯ 일 거예요."

"빌어먹을⋯⋯."

쿵!

"앗!"

묵직한 소리와 충격에 기녀가 깜짝 놀라 고개를 들었을 때
화용군은 선 채로 고스란히 뒤로 묵직하게 쓰러져서 혼절해
버렸다.

제18장

자살 청부(自殺請負)

"강호 형! 어디에 있는 거요?"

쥐 죽은 듯이 조용하던 구주무관에 낭랑한 사내의 외침이 쩌렁쩌렁 울렸다.

개방의 삼결제자 방방은 헤어진 지 닷새 만에 화용군을 만나러 구주무관에 찾아왔다.

"강호 형! 약속한 대로 방방이 찾아왔소이다!"

구주무관 뒤편 죽림이 시작되는 곳에는 원래 단운택과 진무곤, 도비효 세 사람의 무덤이 있었는데 그 옆에 봉분 하나가 더 늘었다.

죽림 앞에 나란히 조성된 네 개의 봉분 앞에는 각각의 묘비
가 세워져 있으며, 가장 오른쪽에 새로 만든 봉분 앞에 새로
만든 묘비에는 '華秀惠之墓[화수혜지묘]'라고 간단하게만 적
혀 있다.

그리고 그 봉분 앞에 묘비를 등지고 화용군이 가부좌의 자
세로 상체를 곧추세우고 눈을 감은 채 꼿꼿하게 앉아 있다.

닷새 전에 누나의 시신을 안고 와서 이곳에 누나의 봉분을
만든 이후 그는 아무것도 먹지 않고 이 자리에 가부좌의 자세
로 앉아 있기만 했다.

그는 방방이 자길 부르는 소리를 들었으면서도 움직이지
도 눈을 뜨지도 않았다. 하지만 닷새 동안 줄기차게 하던 운
공조식을 중지했다.

한참 후에 구주무관 곳곳을 다 둘러본 방방이 죽림 앞에 나
타났다가 비로소 화용군을 발견했다.

"어? 강호 형, 여기에 있었으면서 내가 부르는 소리 못 들
었다는 말이오?"

화용군은 눈을 뜨고 비로소 방방을 쳐다보았다.

"강호 형……."

방방은 화용군의 모습을 가까이에서 보고 적잖이 놀라는
표정을 지었다.

"강호 형이 맞는 거요?"

화용군이 가볍게 고개를 끄떡이는 것을 보고 방방은 고개를 절레절레 저었다.

"어떻게 닷새 만에 사람이 이렇게 엉망으로 변할 수가 있는 거요?"

방방이 그러는 것도 무리가 아니다. 화용군은 완전히 딴사람처럼 변해 있었다.

우선 닷새 동안 아무것도 먹지 않은 상태에서 속을 푹푹 썩이며 괴로워했기 때문에 얼굴이 많이 상했다. 자신이 누나를 죽였다는 생각을 하면 물 한 모금조차도 입에 댈 수가 없었다.

두 눈과 양 뺨이 움푹 꺼진데다 풀어헤친 머리카락이 얼굴을 덮고 있어서 귀신을 보는 듯했다.

그런데 그게 다가 아니다. 화용군의 눈을 쳐다보던 방방이 발뒤축 힘줄 끊어지는 소리를 냈다.

"흐익?"

방방이 지금 보고 있는 한 쌍의 눈은 닷새 전에 봤던 순하면서도 도전적이고 또한 열정으로 활활 타올랐던 그런 눈이 아니다.

지금의 눈은 어둡고 암울하며 검푸르다. 그리고 밤중에 깊은 산중에서 부슬부슬 비가 오는 날 만나게 되는 도깨비불 같은 회색의 희끗거리는 흐릿한 광채가 눈 깊은 곳에서 일렁거렸다.

그 눈을 보는 순간 방방이 느낀 것은 단 한 가지다. 바싹 오그라듦이다. 온몸이 오그라들었다. 그 정도로 소름 끼치도록 무서웠다.

그뿐만이 아니라 변한 게 또 한 가지 있다. 화용군의 머리카락이 희끗희끗했다.

반백(半白)까지는 아니더라도 까만 머리 사이사이에 한 움큼씩 흰 머리가 확 눈에 띄었다.

전체 머리카락의 삼 할 정도가 파뿌리처럼 새하얀 백발로 변해 버렸다.

머리마저도 하얗게 새다니 도대체 얼마나 괴로워했으면 그리 되었겠는가.

닷새 동안 면도를 하지 않아서 코밑과 입 주위 귀밑 근처에 온통 수염이 자라서 야인(野人) 같았다.

"강호 형, 무슨 일이 있었소?"

방방은 겁이 나는 것을 겨우 참고 화용군 앞에 앉으면서 불신의 표정을 지으며 물었다.

"알아보겠다고 한 것은 어떻게 됐소?"

화용군은 방방의 물음에 질문으로 대답했다.

그런데 그의 목소리를 듣는 순간 방방은 자신도 모르게 흠칫 몸을 떨었다.

닷새 전에 들었던 화용군의 목소리는 청아하고 맑으면서 묵직했었는데 지금은 쇳소리가 섞인 서걱거리는 목소리로 변했다.

마치 잔잔한 물살이 백사장에 밀려왔다가 물러갈 때 자갈과 모래를 스치고 굴리는 듯한 목소리 같기도 했다.

방방은 딱딱하게 몸이 굳은 채 화용군을 보면서 마른 침을 꿀꺽 삼켰다.

'으으… 도대체 강호 형에게 무슨 일이 있었던 거야……?'

쏴아아…….

한 차례 바람이 불자 죽림의 대나무 잎들이 서로 부딪치면서 파란 물결처럼 일렁이며 싱그러운 소리를 냈다. 말 그대로 죽파(竹波)다.

방방은 파랗게 일렁이는 대나무 숲을 등지고 가부좌의 자세로 상체를 꼿꼿하게 펴고 앉아 있는 화용군을 보면서 뭔가 묘한 기분에 사로잡혔다.

파아아―

그때 죽림으로부터 방금 전보다 더욱 거센 바람이 쏟아져 나오고 대나무 숲 전체가 아우성을 치는 것처럼 요란한 소리를 냈다.

느닷없이 죽림 전체가 활활 불타는 것처럼 환해지는가 싶더니 화용군의 모습이 변하기 시작했다.

그의 모습은 간데없고 그 자리에 온몸에서 화염(火焰)을 뿜어내는 괴물 같기도 하고 천신(天神) 같기도 한 그 무엇이 앉아 있다.

얼굴이 세 개 삼면(三面)인데 정면과 좌우를 보고 있다. 팔은 여섯 개 육비(六臂)이며, 각 팔에는 활(弓), 화살(箭), 검(劍), 법륜(法輪), 금강저(金剛杵), 오고령(五鈷鈴), 오고저(五鈷杵)를 쥐었다.

눈처럼 흰 암사자를 타고 있으며, 얼굴이 검고 푸르스름하며 눈을 희번덕이고 있다.

"으아아……."

방방은 혼비백산하여 벌떡 일어나 황급히 뒷걸음질 치다가 엉덩방아를 찧으며 주저앉았다.

그러고는 느닷없이 눈앞에 나타난 괴물체를 보면서 온몸을 벌벌 떨며 중얼거렸다.

"으으으… 금강야차명왕(金剛夜叉明王)이다……."

그의 눈에는 화용군이 그렇게 보였다.

정신을 가다듬은 방방은 화용군 앞에 단정하게 무릎을 꿇은 자세로 앉아서 자신이 알아본 것에 대해서 설명했다.

"혈명단에 연결하는 방법은 단 하나 살인 청부를 하는 것

뿐이라고 하오."

조금 전에 금강야차명왕으로 보였던 화용군은 다시 현실의 괴인 같은 모습으로 돌아와 있었다.

그가 정말로 그렇게 변했던 것인지 아니면 방방이 잠시 환상을 본 것인지 모를 일이다.

화용군은 묵묵히 듣기만 했다.

"백학무숙이 구주무관을 몰살시켜 달라고 혈명단에 청부를 했는지의 여부는 알아낼 수가 없었소."

방방은 무릎을 꿇고 앉은 다리가 아픈지 꼼지락거렸다. 어째서 화용군 앞에 무릎을 꿇었는지 모를 일이다. 그냥 그런 자세를 취해야 할 것 같았다.

"한 가지 좋은 소식이 있소."

그는 은근슬쩍 편한 자세를 취했다.

"닷새 전에 강호 형이 성내 대로에서 백학무숙의 사범 두 명과 생도 네 명을 죽인 일이 있었잖소?"

화용군은 그것에 대해서는 별 관심이 없다.

"너무도 순식간에 벌어진 일이라서 그런지 아무도 강호 형을 기억하는 사람이 없었소. 그래서 그들을 죽인 사건은 미궁에 빠져 버렸소."

"혈명단에 살인 청부를 하려면 어떻게 해야 하오?"

화용군의 말에 방방은 움찔 놀랐다.

"누굴 죽일 거요?"

"나요."

"예?"

방방은 한 대 얻어맞은 것처럼 멍한 표정을 지었다. 세상천지에 자신을 죽이려고 살수 집단에 청부하는 사람이 있다는 얘긴 들어본 적도 없다.

"죽고 싶은 거요?"

"혈명단에 물어볼 것이 있어서 그러오."

방방은 그의 말을 금세 이해하지 못하고 눈을 껌뻑거리면서 머리를 벅벅 긁었다.

"혈명단에 물어볼 것이 있다면서 왜 강호 형을 죽이라고 청부를 한다는 말이오?"

"그래야지만 혈명단 사람을 만날 수 있지 않겠소?"

"아……."

화용군은 자르듯이 말했다.

"혈명단에 나를 죽이라고 청부해 주시오."

화용군은 누나 화수혜의 봉분 옆에 초막(草幕)을 짓고 그곳에서 생활을 시작했다.

초막이라고 해서 번듯한 집이 아니다. 몇 개의 기둥에 얼기설기 풀을 얹은 한 사람 들어가서 다리 뻗고 누우면 딱 맞을 정도의 좁은 공간이다.

그는 누나의 뒤를 따라서 죽고 싶었지만 구주무관을 몰살시킨 흉수를 찾아내서 죽여야 하기 때문에 그때까지 죽는 것을 미루기로 했다.

죽는 것은 조금도 두렵지 않다. 그리고 세상에 미련 같은 것은 한 줌도 없다.

혼인하기로 정해졌던 단소예는 죽었는지 살았는지 증발해 버린 상태다.

그리고 아버지처럼 따랐던 사부 단운택과 형제 같았던 진무곤, 도비효도 죽었다.

부모님과 일가친척들의 원수도 깨끗이 갚았으며 이제는 구주무관의 원수만 갚으면 된다.

그런 다음에 누나의 뒤를 따라서 목숨을 끊을 생각이다. 그러면 모든 것이 끝난다. 저승에 가서 누나에게 진심으로 사죄할 것이다.

화용군은 구주무관의 주방에서 직접 밥을 짓고 요리를 해서 초막으로 가져와 누나의 봉분 앞 제단에 밥과 요리를 올려놓은 다음에 식사를 했다.

이날까지 밥을 지어본 적도 요리를 해본 적도 없는 그의 밥 짓기와 요리 만들기가 제대로일 리가 없다.

그래도 그는 거르지 않고 하루에 두 끼 아침밥과 저녁밥을 정성껏 꼬박꼬박 마련해서 누나의 제단에 올려놓고 자신의 밥도 제단에 올려놓은 채 먹었다. 즉, 누나와 겸상을 하는 것이다.

그러는 모습을 어느 날 방방이 와서 보고는 혀를 차더니 다음 날 집도 절도 없이 떠도는 초라한 여자 한 명을 데리고 왔다.

"이 여자는 그냥 먹여주고 재워만 주면 된다고 하오. 하녀로 쓰시오."

머리카락을 산발하고 수염이 한 뼘이나 자라서 괴인이나 다름이 없는 모습으로 화수혜의 봉분 앞에 앉아 있는 화용군 앞에 방방과 한 명의 여자가 나란히 서 있다.

여자는 거지나 다름이 없는 꾀죄죄하고 남루한 몰골이며 얼굴은 얼마나 세수를 하지 않았는지 때가 몇 겹을 이루어 더께가 앉았다.

"여… 열심히 할게요."

여자가 그 자리에 무릎을 꿇더니 얼굴을 땅에 묻으며 애원을 했다.

지금 세상은 지독한 가뭄이 몇 년째 지속되어 도처에서 굶어서 죽는 사람이 셀 수도 없이 많다.

그러므로 하루 한 끼만 먹여준다고 해도 일을 하겠다는 사람이 벌 떼처럼 몰려들 터이다.

"청부 방법을 알아냈소. 오늘 밤에 혈명단에 강호 형을 죽여달라고 청부할 것이오."

"어떤 방법으로 청부하는 것이오?"

초막 앞에 마주 앉은 화용군과 방방이 대화를 하고 있다.

"성내 일홍각(一紅閣)이라는 기루에 첩지를 맡겨두면 혈영단이 가져간다고 하오."

"일홍각이 어디에 있소?"

"황하 강변이오."

'황하 강변'이라는 말에 화용군은 움찔하더니 얼굴에 짙은 그늘이 드리워졌다.

죽은 누나 화수혜가 황하 강변의 소작루라는 기루에 있었기 때문이다.

방방은 화용군의 성격을 조금 알기에 그가 일홍각에 쳐들어갈까 봐 미리 선수를 쳤다.

"일홍각 각주가 혈영단하고 끈이 닿아 있다고 하지만 누군가 일홍각주에게 접근하는 것은 근본적으로 차단되어 있소. 만약 강호 형이 일홍각주를 만나려고 한다면 혈영단은 절대로 모습을 드러내지 않을 것이오. 그리고 강호 형이 청부한 일도 맡지 않을 것이오."

그러나 방방의 걱정은 다른 것에 있다.

"그런데 정말 청부를 해도 되겠소?"

"내가 죽을까 봐 걱정되오?"

"그렇소. 혈영단은 실패를 모르는 살수 조직이오."

화용군은 물끄러미 누나의 봉문을 응시했다.

"나는 이미 죽었소."

"에?"

방방은 그 말이 무슨 뜻인지 몰라 화용군과 그가 쳐다보고 있는 봉분을 번갈아 쳐다보았다.

무슨 뜻인지는 알 수 없지만 그의 말이 봉분하고 깊은 연관이 있을 것이라고 짐작했다.

"죽은 사람은 죽는 것을 두려워하지 않소."

그 말 역시 의미를 모르겠지만 방방은 화용군에게 어떤 깊은 사연이 있을 것이라고 짐작했다.

아직 해가 남아 있는 이른 초저녁에 한 여인이 화용군의 초막에 찾아왔다.

"대인."

하얀 백의에 흰 바지를 입은 삼십 대 초반의 여인은 아담한 체구에 긴 머리를 틀어 올려서 나뭇가지를 대충 꽂은 예쁘장한 용모인데 두 손에는 커다란 쟁반이 들려 있으며, 쟁반에는 밥과 몇 가지 요리가 담겨 있었다.

"대인."

그녀는 쟁반이 꽤 무거운지 들고 있는 두 팔이 가늘게 떨리고 땀을 뻘뻘 흘리면서 초막에 대고 다시 한 번 조심스럽게 불렀다.

바스락…….

그때 초막 옆 죽림에서 미약한 소리가 나면서 하나의 시커먼 물체가 불쑥 튀어나왔다.

"앗!"

여인은 화들짝 놀라서 급히 뒤로 물러서다가 쟁반을 놓치면서 쓰러지려고 했다.

휙! 척!

순간 죽림에서 나온 검은 물체가 번개같이 달려와서 한 손으로는 여인의 허리를 안고 다른 손으로는 쟁반 아래를 받쳐서 들었다.

"아… 대인……."

여인은 자신을 부축하고 또 쟁반을 받쳐 든 사람이 괴인 같은 행색의 화용군이라는 사실을 알아보고는 십 년 감수한 표정을 지었다.

그는 죽림 깊은 곳에서 경공술을 연마하다가 여인의 목소리를 듣고 나온 것이다.

그는 구주무관에 들어와서 처음에 사부 단운택에게 직접

이궁역위(移宮逆位)라는 무당파의 보법(步法) 중 하나를 배웠
었다.

물론 단운택은 구술(口述)로 가르치고 화용군이 취하는 동
작들을 보면서 잘못된 것을 지적해 주었다.

그런데 화용군은 일 년이 지나기도 전에 이궁역위를 완벽
하게 익혀 버렸다.

사부는 크게 감탄하면서 다음에는 경공술 암향표(暗香飄)
와 세류표(細柳飄) 두 가지를 한꺼번에 전수했다.

이후 육 년이 지났을 때 사부는 그에게 경공으로는 누구에
게도 꿀리지 않을 것이라고 장담했었다.

화용군은 왼팔을 당겨서 비스듬한 자세로 있는 여인을 일
으켜 주었다.

"아……."

여인은 뼈가 없는 듯 그의 품에 안겼으며 두 사람의 몸 앞
면이 물컹하고 부딪쳤다.

그러다가 그가 허리를 감은 팔을 풀자 여인은 수줍은 듯 뒤
로 한 걸음 물러섰다.

화용군이 쟁반을 들고 화수혜의 봉분 앞 제단으로 걸어가
서 무릎을 꿇고 경건한 자세로 제단에 밥과 요리를 차리려고
하자 여인이 급히 다가왔다.

"제가 할게요."

화용군은 상 차리는 것을 여인에게 맡기고 제단 옆에 앉아서 그녀를 바라보았다.

그녀는 아까 방방이 데리고 온 남루하고 꾀죄죄한 몰골의 여인이었다.

화용군은 그녀를 구주무관에 십여 명쯤 있던 여자 생도들이 쓰던 숙소로 데리고 가서 그곳에서 묵도록 하고 또 여자 생도의 옷을 한 벌 내준 후에 주방이 어디에 있는지 일러주고는 초막으로 돌아왔었다.

여인은 목욕을 깨끗이 하고 새 옷을 갈아입은 탓에 아까 봤던 남루하고 꾀죄죄한 모습을 벗어버리고 완전히 새 사람이 되었다.

여인이 상을 다 차리자 화용군은 제단에 향을 피우고 봉분 쪽으로 누나의 젓가락을 놓은 다음에 자신은 맞은편에 봉분을 향해 앉아서 식사를 했다.

밥과 요리는 지나치다고 할 정도로 맛있었다. 주루에서 먹은 요리하고는 비교가 되지 않았다.

그는 한쪽 옆에 다소곳이 서 있는 여인을 쳐다보지도 않고 식사를 하면서 우물거리며 말했다.

"가서 식사를 하고 쉬도록 하시오."

그러나 여인은 가지 않고 그대로 서 있었다.

"할 말이 있소?"

그는 여전히 그녀를 쳐다보지 않고 물었다.

"저……."

"말해보시오."

"어두워지기 전에 돌아갔다가 이른 아침에 다시 오면 안 될까요?"

그는 말없이 고개만 가볍게 끄떡여서 허락하고는 식사를 멈추지 않았다.

그런데도 여인은 가지 않고 여전히 머뭇거려서 결국 그가 돌아보게 했다.

"달리 할 말이 있소?"

"저……."

여인은 얼른 말을 하지 못하고 주저했다. 그러나 화용군이 식사를 멈춘 채 자신을 물끄러미 응시하면서 기다리고 있다는 사실을 알아차리고는 용기를 내서 말했다.

"사실은… 밥과 요리를 조금 넉넉하게 했는데… 그… 그걸 가져가도 될까요?"

화용군은 그녀가 돌아가려는 이유를 알았다. 누군가 그녀를 기다리는 사람이 있는 것이다. 그래서 그녀는 그에게 먹을 것을 갖다 주고 싶은 것이다. 아마도 남편이거나 아니면 아이들일 것이다.

"어디에 살고 있소?"

"저는⋯⋯."

여인은 당황해서 대답을 하지 못하는 것을 보고 그는 이유를 짐작했다.

"집이 어디요?"

"집이 없습니다⋯⋯."

"누가 기다리는 것이오?"

여인은 대답하기도 전에 감정이 차올라서 두 눈에 눈물이 그렁하게 고였다.

"두 아이⋯ 여섯 살 난 아들과 열두 살 딸이에요."

급기야 주르르 눈물을 흘리는 그녀는 화용군이 물을 것이라고 짐작했는지 누구에게도 말한 적이 없는 자신의 신세를 흐득흐득 울면서 설명했다.

"저희들 고향은 순의(順義)라는 곳인데 가뭄 때문에 몇 년째 농사를 짓지 못해서⋯ 먹고살 길을 찾아 남편과 함께 고향을 떠났습니다⋯ 그게 삼 년 전이었어요⋯⋯."

화용군은 젓가락을 내려놓고 묵묵히 듣기만 했다. 그는 육 년 전에 누나와 헤어져서 제남으로 올 때, 그리고 얼마 전에 항주에 다녀올 때 발길 닿은 곳마다 무수한 사람이 굶주림에 허덕이는 광경을 숱하게 봤었다.

그들을 불쌍하다고 여겨서 볼 때마다 돕기는 했으나 그러는 데에는 한계가 있다. 원래 가난은 황제도 구할 수 없다고 하지 않았는가.

"남편은 일 년 반 전에 제남 외곽의 어느 집 짓는 곳에서 일을 하다가 지붕에서 낙상(落傷)하여 두 달 동안 약 한 첩 써보지 못하고 시름시름 앓은 끝에 죽었고… 그동안 저 혼자서 두 아이를… 어흑!"

여인은 돌이켜서 생각하는 것만으로도 슬픔이 사무치는지 말을 맺지도 못하고 그 자리에 털썩 주저앉아 두 손으로 얼굴을 가리며 흐느껴 울었다.

화용군은 이 여인의 슬픔을 제 것인 양 공감했다. 그 역시 육 년 전에는 졸지에 부모와 일가친척을 모두 잃고 거리를 떠돌면서 극도의 배고픔과 허기로 죽을 고생을 했었다. 그렇지만 전혀 내색하지 않았다.

"아이들을 데리고 오시오."

"……"

화용군이 다시 먹기를 시작하면서 조용한 목소리로 말하자 여인은 그 말이 무슨 뜻인지 알아듣지 못한 듯 눈물범벅의 얼굴로 그를 바라보았다.

"이제부터는 아이들과 함께 이곳에서 살도록 하시오."

여인의 얼굴이 꿈을 꾸는 듯한 표정으로 변했다.

"아……"

"세 사람이 사는 데 불편함이 없는 거처를 내주겠소."

여인은 꿈인지 생시인지 모르는 듯한 표정을 지으면서 몸을 바들바들 떨었다. 그러고는 다시 그 자리에 엎어져서 울음을 터뜨렸다.

"으흐흑! 고맙습니다. 대인… 이 은혜는 죽어도 잊지 않겠습니다…….".

"어두워지기 전에 다녀오려면 서두르는 것이 좋겠소."

여인은 고개를 들고 화용군을 바라보다가 일어나서 몸가짐을 단정하게 한 후에 다시 공손히 큰절을 올렸다.

"소녀 나운향(羅雲香) 목숨이 다할 때까지 대인을 섬기겠습니다."

쩔렁!

화용군은 품속을 뒤져서 묵직한 은자 주머니를 여인 나운향 앞에 던졌다.

"이번 달 생활비요. 모자라면 더 달라고 하시오."

주머니에는 은자 삼백 냥이 들었다. 하루에 은자 열 냥씩이면 백 명을 먹여 살릴 수도 있는 금액이다.

그날 한밤중에 방방이 다시 찾아왔다. 이번에는 구주무관을 헤매지 않고 곧장 봉분 옆 초옥으로 왔다.

"한잔합시다."

화수혜 봉분 앞에 밤이슬을 맞으면서 앉아 있는 화용군 앞

에 방방이 마주 보고 앉으면서 품속에서 술병과 구운 오리고
기를 꺼내서 내려놓았다.

"술 끊었소."

"엥?"

화용군의 딱 자르는 듯한 짧은 말에 방방은 어이없는 표정
을 지었다.

며칠 전까지만 해도 둘이서 코가 비뚤어지도록 마셨는데
술을 끊었다니 이해가 되지 않았다.

그러나 화용군의 예의 지독하게 음울한 모습과 표정을 본
방방은 한 번 더 술을 권했다가는 제 명에 죽지 못할 것이라
는 생각이 들어 혼자 마시기 시작했다.

"강호 형이 부탁한 청부를 일홍각에 했소. 그런데……."

방방은 화용군의 눈치를 살피면서 말을 이었다.

"나도 이번에 처음 알았는데… 혈명단 청부금의 최저액이
은자 만 냥이라는 것이오."

화용군은 무슨 뜻이냐는 듯 침묵으로 물었다.

"원래 청부금은 혈명단이 정한다는 것이오. 죽일 표적을
청부자가 지목하면 혈명단이 청부금을 정하는 방식이오."

방방은 실소를 흘렸다.

"그런데 강호 형은 무림에 전혀 알려지지 않은 사람이라서
혈명단이 청부금의 최저액을 요구한 것이오."

그는 화용군이 아무 말 하지 않아도 뭘 궁금하게 여긴다는 것을 다 안다는 듯 설명을 이었다.

"혈명단은 열 개의 등급을 정했으며 그것을 단명십급(斷命 十級)이라 한다오. 그러니까 강호 형은 십급에 해당한다는 것이오."

단명십급이라는 것은 목숨을 끊는 데 열 개의 등급이 있다는 뜻이다.

"일급은 십만 냥이오?"

십급이 은자 만 냥이라고 하니까 일급은 십만 냥이냐고 물은 것이다.

"아니오. 천만 냥이오."

화용군은 단명십급에 대해서는 조금도 궁금하지 않기 때문에 더 이상 묻지 않았다.

"강호 형이 요구한 대로 혈명단에게 다른 사람은 절대 건드리지 말고 강호 형 한 사람만 죽이라고 했소. 물론 첩지에 그렇게 썼다는 것이오."

화용군은 구주무관에 함께 있는 나운향―그때는 이름을 몰랐었다―이 다칠까 봐 방방에게 그런 조건을 달라고 얘기를 해두었다.

"그런데 말이오, 강호 형."

방방은 머뭇거리다가 말했다.

"혈명단의 청부금은 선불이 절반이고 청부가 성공하고 나서 나머지 절반을 후불로 줘야 하는 것이라고 말하는데 말이오. 쩝……."

화용군에게 은자 만 냥이라는 거금이 있을 것인지 걱정했던 것이다.

화용군은 제남에서도 가장 신용이 좋은 태화전장에서 발행한 은자 만 냥짜리 전표를 품속에서 꺼내 묵묵히 방방에게 주었다.

방방은 전표의 액수를 확인하고는 눈이 휘둥그레져서 전표가 진짜인지 몇 번이나 확인했다.

"살수라는 것에 대해서 말해주겠소?"

이날까지 살수라는 것에 대해서 아무것도 모르고 있었던 화용군은 방방에게 살수에 대한 설명을 충분히 듣고 나서야 그를 돌려보냈다.

오늘부터 구주무관에서 살게 된 나운향은 두 아이를 깨끗하게 목욕을 시키고 성내에서 사 온 새 옷으로 갈아입힌 후에 한밤중인데도 화용군에게 인사를 하러 왔다.

"아들 서동(徐東)과 딸 서진(徐眞)이에요."

나운향은 나란히 세운 아들과 딸에게 절을 하라는 시늉을 해 보였다.

"대인께 인사드려라."

"서… 서진이에요… 대인을 뵈어요……."

"저는… 저는……."

열두 살짜리 딸은 두려운 표정을 지으면서도 얌전하게 절을 하는데, 여섯 살짜리 아들은 화용군의 괴인 같은 모습이 너무 무서운지 벌벌 떨기만 하다가 급기야 울음을 터뜨리며 엄마 품으로 뛰어들었다.

"으앙! 엄마! 무서워!"

"이… 이 녀석… 대인께 무례를……."

크게 당황한 나운향은 어쩔 줄 모르고 쩔쩔맸다.

"대인, 용서하십시오. 아이가 어려서 철이 없습니다……."

그녀는 아들의 잘못으로 인해서 자신들에게 찾아온 엄청난 행운을 잃게 될까 봐 두려워서 어쩔 줄 몰랐다.

봉분을 등지고 앉아 있던 화용군은 손을 저어서 모자에게 물러가라는 시늉을 했다.

"대… 대인……."

그렇지만 나운향은 울부짖는 아들을 강제로 꿇어앉혀서 절하게 만들고 자신과 딸은 그 옆에서 거듭해서 절을 올리며 용서를 빌었다.

화용군은 목욕과 면도를 하고 머리를 가지런히 묶고는 깨끗한 흑의 경장으로 갈아입었다.

나운향의 여섯 살배기 아들 서동이 그를 보고는 무서워서 울음을 터뜨린 것에서 느낀 바가 있었기 때문이다.

일부러 지저분하고 무서운 모습을 하고 있을 필요까지는 없다고 깨달은 것이다.

분노는 억눌러서 절제할수록 깊어지고, 감정은 안으로 감출수록 안전할 터이다.

그러니까 구태여 일부러 겉모습으로 상대를 경계하게 만들 필요는 없는 것이다.

누가 보기만 해도 경계심을 품을 만한 으스스한 모습을 하고 있는 것은 제 발등을 제 손으로 찍는 격이라서 아무 도움이 되지 못한다.

다음날 아침에 화용군이 죽림 안에서 야차도술과 야차도환을 연마하고 나왔을 때 나운향은 제단에 아침상을 차리고 있었다.

"음."

화용군은 그녀가 놀랄까 봐 일부러 낮은 소리를 냈다.

"아… 대인."

그녀는 일손을 멈추고 급히 화용군 쪽을 돌아보다가 소스라치게 놀랐다.

"에구머니······."

거기에는 그녀가 예상했던 장발에 으스스한 모습을 한 괴인이 아니라 천하 어디에서도 짝을 찾아보기 어려운 절세의 미남자가 서 있었던 것이다.

"누··· 구십니까?"

"나요."

"나라니······."

"날 모르겠소, 향 아주머니?"

"아······."

원래 눈이 크지 않은 나운향의 눈이 화등잔처럼 커졌다. 상대가 화용군이라는 사실을 깨달은 것이다.

그녀는 제단에 상을 차리는 것도 잊은 채 넋이 나간 듯 화용군을 바라보았다.

눈과 뺨이 약간 움푹 파인 것과 눈빛이 으스스한 것을 제외하면 천하제일의 미남자라고 할 수 있는 화용군 앞에서 나운향은 정신을 차리지 못했다.

화용군은 죽림 안에서 혈명단 살수, 즉 혈명살수(血命殺手)를 맞이할 계획을 세웠다.

가로 삼백여 장 세로 백여 장 넓이의 빽빽하고 울창한 죽림 안에 자신만 알아보고 또 다닐 수 있는 길을 구불구불하게 거미줄처럼 만들었다.

또한 죽림 한가운데 아담한 장소를 정해서 푹신한 풀잎을 깔고 위에는 이슬을 막을 수 있는 천막을 쳐놓고 잠도 그곳에서 잘 수 있게 했다.

혈명살수는 그를 죽이는 것이 목적이고, 그는 혈명살수를 제압해야 하므로 배 이상 어려울 것이다. 죽이는 것보다는 제압하는 것이 어려운 것은 당연하다.

방방에게 살수에 대해서 이런저런 설명을 듣기는 했지만 큰 도움이 될 것 같지는 않았다.

혈명단에게 자신을 죽이라고 청부하고는 죽이러 온 살수를 제압해서 혈명단에 대해서 알아낸다는 방법은 일면 기상천외한 것 같지만 실상은 무식하기 짝이 없는 고육지책(苦肉之策)이다.

하지만 화용군으로서는 찬밥 더운밥 가릴 처지가 아니다. 더구나 자신의 실수로 하나뿐인 혈육 누나마저 죽게 만들었거늘 이제는 눈에 뵈는 게 없다.

제19장

———

살수행(殺手行)

　화용군은 죽림 속에 누워서 밤하늘을 바라보았다.

　방방이 일홍각에 살인 청부 첩지를 접수한 지 오늘로써 엿새째가 되었다.

　화용군은 하루에 두 번 아침 식사와 저녁 식사를 하러 누나의 봉분 앞에 가는 것을 제외하고는 하루 종일 죽림 안에서 무술을 수련하면서 보냈다.

　그가 하루에 두 번 식사를 할 때 혈명살수가 암습할 수도 있겠지만, 그보다는 하루의 거의 대부분을 보내는 죽림 속이 암습을 하는 쪽에서도 훨씬 유리할 터이다.

지금 그가 누워 있는 곳에서는 죽림 속 어디에서 대나무 잎 하나가 떨어진다고 해도 감지할 수가 있다.

그리고 그것이 자연스럽게 떨어지는 것인지 아니면 인위 적인지도 느낄 수 있다.

삭……

방금 대나무 잎 하나가 떨어졌다. 그런데 지금 것은 인위적 으로 대나무 잎이 떨어지는 기척이다. 그렇다면 침입자, 즉 혈명살수의 방문이다.

방금 기척은 죽림 동쪽 끄트머리에서 났으므로 혈명살수 가 동쪽에서 죽림에 진입했다는 뜻이다.

사락……

그때 동쪽 조금 안쪽에서 미세한 소리가 났다. 혈명살수 한 명이 안쪽으로 접근하고 있다.

화용군은 똑바로 누워 있는 자세에서 고개를 약간 돌려 일 장 반 거리를 쳐다보았다.

그곳에는 바닥에 풀잎이 수북하고 지상에서 반 장 높이에 천막이 쳐져 있다. 즉, 그곳은 그가 잠을 자려고 잠자리로 꾸 며놓은 장소다.

지금 그곳에는 한 사람이 옆으로 누운 자세를 취한 채 잠들 어 있다.

하지만 그렇게 보일 뿐이지 가짜다. 즉, 화용군이 만들어놓은 도초인(稻草人:허수아비)이다.

화용군이 짚으로 사람 형상을 만들어서 옷을 입혀서 잠자리에 눕혀놓았다.

가까이 다가가서 보지 않으면 영락없이 사람이 누워서 자는 모습으로 착각할 것이다.

그는 잠자리에서 일 장 반 거리에 있지만 워낙 은밀한 곳이라서 여간해서는 눈에 띄지 않는다.

화용군의 계획은 혈명살수가 도초인을 암습하려고 모습을 드러내면 그때 공격해서 제압한다는 것이다.

방방이 살수에 대해서 설명한 것에 의하면, 살수들은 사전에 표적을 세밀하게 분석하고 연구한 다음에 완벽하게 계획을 짜서 살행(殺行)을 실시한다고 했다.

그렇다면 혈명살수는 화용군에 대해서는 아는 것이 거의 없을 것이다.

그는 하루 두 끼 밥 먹을 때를 제외하고는 하루 종일 죽림 안에만 틀어박혀 있었다.

그리고 어느 누구도 죽림 안에 들어온 사람은 없었다. 그의 이목을 속이고 그럴 수 있는 사람은 없다. 최소한 그는 그렇게 확신하고 있다. 그러므로 혈명살수는 그에 대해서 연구하지 못했을 것이다.

바스락거리는 소리가 몇 번 더 날 때까지도 화용군은 꼼짝

도 하지 않고 참을성 있게 기다렸다. 제아무리 뛰어난 혈명살
수라고 해도 이곳 죽림 안에서는 기척을 내지 않을 수가 없을
터이다.

이윽고 그가 주시하고 있는 곳에 하나의 검은 물체가 모습
을 드러냈다.

대나무들이 너무도 빽빽하게 밀생한 탓에 화용군이 낸 거
미줄 같은 길 말고는 사람이 다니는 것이 거의 불가능할 텐데
도 방금 모습을 나타낸 검은 물체는 흡사 그림자인 양 빽빽한
대나무 사이를 스미듯이 흘러나왔다.

시력이 몹시 좋은데다 두 눈에 공력까지 집중하고 있는 화
용군의 눈에 혈명살수의 모습이 똑똑하게 보였다.

방방에게 들었던 대로 혈명살수는 전신에 칠흑 같은 흑의
를 입었으며 얼굴에도 복면을 쓰고 두 눈만 빼꼼하게 내놓은
모습이다.

늘씬한 체구이며 젖가슴이 없는 것으로 미루어 남자다. 어
깨에는 한 자루 흑색 검을 멨고 양쪽 허리에는 어른 주먹 크
기의 주머니를 하나씩 차고 있다.

삭……

혈명살수는 오른손으로 어깨의 검파를 잡으면서 화용군이
만들어놓은 도초인을 향해 한 마리 독사가 미끄러지듯이 다
가가는데 그저 미풍이 대나무 잎을 스치는 듯한 미세한 소리

만 날 뿐이다.

그걸 보면서 화용군은 과연 혈명살수는 뛰어나다는 생각
이 들었다.

만약 이 청부를 한 사람이 그 자신이 아니라면, 그래서 미
리 대비하지 않았더라면 꼼짝도 하지 못하고 혈명살수에게
당할 뻔했다.

그러나 중요한 것은 현실이다. 현실에서는 그가 혈명살수
를 사냥할 것이다.

화용군은 혈명살수가 도초인을 암습할 때를 노려서 공격
할 생각이다.

그가 은둔해 있는 곳에서 도초인까지 일 장 반이라는 짧은
거리지만 검을 사용하는 것보다는 지금 같은 상황에서는 야
차도가 훨씬 효율적이라고 판단했다.

스응…….

그때 혈명살수가 도초인을 향해 온몸을 던지듯이 날리면
서 어깨의 검을 뽑았다.

검을 뽑는 검명이 한밤중 귀신의 흐느낌처럼 죽림을 잔잔
하게 흔들었다.

화용군이 도초인 자리에 누워 있었다면 검명을 듣고 깜짝
놀랐겠지만 그로써 끝이다.

그 상황에서는 아무리 빠른 반응을 보인다고 해도 죽음을

피할 수는 없을 터이다.

쉬아악—

혈명살수의 검이 도초인의 목을 노리고 쏘아갈 때 잔뜩 벼르고 있던 화용군은 오른팔을 앞으로 벼락같이 뻗으면서 신형을 날렸다.

쉐앵—

야차도가 고리에 달린 백자명령 때문에 특유의 음향을 낮게 울리면서 야차도환의 수법으로 혈명살수를 향해 푸른빛을 남기며 쏘아갔다.

그때 혈명살수는 야차도가 쏘아 오는 방향을 힐끗 쳐다보았다. 복면으로 얼굴을 가렸지만 필경 놀라는 표정을 지었을 것이다.

야차도는 혈명살수의 왼쪽 어깨를 향해 곧장 쏘아갔다. 곧 야차도가 혈명살수의 왼쪽 어깨에 꽂혀서 바닥에 나뒹굴 것이고, 그 상황에서 화용군이 제압하면 간단하다.

스응—

바로 그때 몸을 일직선으로 펴서 쏘아가고 있는 화용군의 왼쪽에서 흐릿한 음향이 흘렀다.

그것은 대나무 잎이 바람에 흩날리는 소리도 대나무 잎을 밟는 소리도 아니다. 누군가 제삼의 인물이 발검하는 소리가 분명하다.

그 순간 화용군은 자신의 실책을 깨달았다. 왼쪽에서 공격해 오는 자는 혈명살수가 분명하다.

그는 어째서 혈명살수가 한 명만 공격할 것이라고 당연하게 생각했었는지 제 머리를 쥐어박고 싶은 심정이다.

혈명단의 십 등급이라는 단명십급에서 화용군은 십급으로 정해졌기 때문에 그를 죽이러 오는 혈명살수도 당연히 한 명일 줄만 알았었다.

화용군은 죽림 복판에 잠자리와 도초인을 만들어놓고 혈명살수를 유인해서 제압하는 계획을 짰었다.

그런데 혈명살수들은 제일의 혈명살수에게 함정에 걸려든 것처럼 도초인을 암습하라고 해놓고는, 어딘가에서 튀어나올 표적을 제이의 혈명살수가 죽이는 작전을 짰던 것이다. 말 그대로 뛰는 놈 위에 나는 놈이다.

화용군은 제일의 혈명살수를 공격하고 있으므로 제이 혈명살수의 급습을 감당할 여유가 없다.

지금 이 순간 최소한 이들 두 명의 혈명살수는 그렇게 생각하고 있을 것이다.

하긴, 그의 오른팔 속에 야차도라는 괴물이 감추어져 있다는 사실을 뉘라서 짐작이라도 했겠는가.

혈명살수들은 그의 오른쪽 어깨에 한 자루 검이 있으므로 그걸 사용할 때면 무방비 상태가 될 것이라고 지레짐작을 했을 것이다.

화용군은 제일의 혈명살수를 향해 발출한 야차도를 그대로 놔둔 상태에서 왼손으로 오른쪽 어깨의 검을 뽑아 왼쪽에서 공격해 오는 검을 막아냈다.

차캉!

또 한 명의 흑의 복면인, 즉 제이의 혈명살수는 온몸을 허공에 날려서 쭉 편 자세에서 오른손의 검을 쭉 뻗어 화용군의 목 옆을 겨냥하고 찔러왔는데 그가 검을 뽑아서 쳐낼 줄은 상상조차 하지 못했다.

팍!

"윽!"

야차도가 제일 혈명살수의 측면에서 왼쪽 어깨를 뚫고 쑤셔 박혔다.

만약 제이 혈명살수의 암습이 성공했더라면 제일 혈명살수는 무사했을 것이다.

그러나 안타깝게도 제이 혈명살수는 결정적인 암습을 실패했고 그래서 제일 혈명살수가 변을 당했다.

쉬잇!

화용군은 그것으로 만족하지 않고 허공에서 자세가 무너진 제이 혈명살수마저 잡으려고 한 차례 격돌로 퉁겨진 검을 허공에서 반 바퀴 회전시키면서 태극혜검 육 초식인 연천섬

광(連天閃光)을 전개했다.

허공중에서 검을 격돌했기 때문에 자세가 무너진 것은 제이 혈명살수만이 아니라 화용군도 마찬가지다.

그런 상황, 그리고 자세에서 가장 효율적인 위력을 발휘하는 것이 육 초식 연천섬광이다.

좋지 않은 상황에 검세(劍勢)를 펼쳤기 때문에 예의 키잉! 하는 소리도 나지 않았다. 지금 현재의 관건은 검의 빠르기가 아니라 절묘한 각도다.

당황한 제이 혈명살수는 피하려고 하지 않고 화용군의 옆구리를 향해 검을 뻗었다.

이런 상황에서는 대개 반사적으로 피하게 마련인데 제 이 혈명살수는 피하는 것보다 반격을 선택했다.

피하려고 시도해도 피하지 못한다는 사실을 알아차렸거나, 반격을 해서 상대로 하여금 스스로 공격을 거두게 하려는 의도다.

제이 혈명살수의 경우는 후자다. 그렇지만 그는 화용군이라는 사내에 대해서 아무것도 모른다.

화용군은 제이 혈명살수의 검이 자신의 왼쪽 목을 향해 베어오는 것을 발견했지만 개의치 않고 계속 왼손의 검을 휘둘러갔다.

제이 혈명살수보다 자신이 먼저 상대의 목을 자를 확신 같은 것을 갖고 있기 때문이 아니다.

자신감이나 확신보다 더 무서운 것, 화용군에게는 있으나 제 이 혈명살수에게는 없는 것. 바로 자포자기다.

'자, 한번 죽여봐라. 난 삶에 미련 같은 거 코딱지만큼도 없는 놈이야' 라는 속마음을 품고 있는 화용군의 두둑한 배짱을 제이 혈명살수가 당해낼 수 있을 리 만무하다.

"미친……."

그게 제이 혈명살수가 멈칫하면서 내뱉은 마지막 말이다.

팍!

화용군의 왼손에 쥐어진 검이 밤하늘에 우아한 곡선을 그으면서 너울너울, 그러나 어마어마하게 빠른 속도로 대나무 두 그루를 벤 직후에 제 이 혈명살수의 목을 잘랐다.

흥! 하고 목을 자른 검이 허공을 반 바퀴 더 회전하고서 동작을 멈추었다.

목이 잘라졌을 때 제 이 혈명살수의 검은 화용군의 왼쪽 목 한 뼘 거리에서 멈춰 있었다.

'미친…' 이라고 내뱉지 말고 계속 검을 베어왔다면 화용군의 목을 잘랐거나 아니면 상처라도 낼 수 있었을 텐데 그로서는 안타까운 일이다.

제일 혈명살수는 도초인 위에 떨어졌다가 퉁겨 오르면서 화용군을 향해 수중의 검을 휘둘렀다.

파앗!

그러나 화용군은 검의 사정거리 밖에 가볍게 내려선 후에 오른팔을 슬쩍 잡아챘다.

"흐윽……!"

제 일 혈명살수는 반 바퀴 빙글 돌더니 중심을 잃고 얼굴을 앞으로 하여 바닥에 엎어졌다.

퍽!

야차도가 왼쪽 그의 어깨를 뚫고 들어가서 가슴속에 꽂혀 있으므로 천심강사를 잡고 있는 화용군이 조종하는 대로 움직일 수밖에 없는 처지다.

그러나 제일 혈명살수는 절대로 이쯤에서 쉽게 포기할 사람이 아니다.

비록 혈명단의 십대살수(十代殺手) 중에서 마지막인 혈십살(血十殺)이지만, 그 위치에 오르느라 말 그대로 뼈를 깎는 노력을 밥 먹듯이 해왔었다. 그러니 이 정도에서 포기하지는 않을 터이다.

엎어져 있던 그는 오른손의 검을 놓고 왼쪽 어깨에 꽂혀 있는 야차도를 힘주어 뽑아서 팽개친 직후 다시 검을 잡고 화용군에게 재차 덮쳐 갔다.

"이익!"

휙!

살수는 기합 소리 같은 것을 내지 않지만 고통에 겨운 나머지 기합 소리가 아닌 쥐어짜는 소리가 저절로 악다문 이빨 사이로 새어 나왔다.

그의 정신만은 너무도 훌륭해서 혈명살수로서 손색이 없을 정도다.

그렇지만 그는 왼쪽 어깨와 가슴속 깊숙한 곳까지 야차도가 꽂혔던 몸이 예전 같은 기능을 발휘하지 못할 것이라는 사실을 간과했다.

화용군을 향해서 덮쳐 가며 공격을 가하기는 했지만 그것은 마음뿐이고 몸은 너무도 느렸다.

화용군은 성큼 그에게 다가가면서 슬쩍 상체를 흔들어 베어오는 검을 피하고는 발끝으로 제일 혈명살수의 복부를 걷어찼다.

퍽!

혈명단이 단명십급의 최하급으로 판단했던 이른바 '구주강호암살사건(九州鋼豪暗殺事件)'의 첫 번째 살행은 이렇게 끝나 버렸다.

"내가 묻는 말에 대답만 하면 살려주겠다."

화용군은 제압한 혈명살수의 상처를 지혈한 후에 그의 앞에 우뚝 서서 굽어보며 물었다.

"어서 죽여라."

복면이 벗겨진 혈명살수는 삼십 대 중반의 나이에 다부진 체구와 깐깐하고 제법 호남형의 용모를 지녔다. 마혈이 제압된 그는 죽림 바닥에 누운 자세에서 그렇게 말하고는 질끈 눈을 감았다. 무슨 말을 해도 대답하지 않겠다는 무언의 행동이다.

"나는 누가 구주무관을 몰살시키라고 혈명단에 청부했는지만 알면 된다."

혈명살수는 다시는 눈을 뜨지도 입을 열지도 않겠다는 듯 감은 눈과 다문 입에 잔뜩 힘을 주었다.

그걸 보고 화용군은 더 이상 아무 말도 하지 않았다. 먹히지 않을 방법을 두 번 세 번 반복하는 것은 바보들이나 하는 짓이다.

덜그럭… 덜걱…….

늦은 아침 무렵. 한 대의 마차가 대명호에서 제남 성내로 뻗은 대로를 굴러가고 있다.

"으으… 이게 무슨 짓이냐……?"

부들부들 떨리는 목소리가 흘러나왔다.

수레는 한 마리 소가 끌고 있으며, 수레 앞쪽에는 흑의 경장에 챙 넓은 방갓을 쓴 화용군이 앉아 있고, 뒤쪽에는 두 사람이 하늘을 향해 똑바로 누워 있다.

그런데 누워 있는 두 사람은 어젯밤에 화용군을 죽이러 왔다가 실패한 혈명단의 두 살수, 즉 제일 혈명살수와 제이 혈명살수다.

둘 다 실오라기 한 올 걸치지 않은 벌거벗은 몸이고, 제이 혈명살수는 어젯밤에 이미 죽은 몸이다.

화용군이 그의 잘라진 머리를 목에 붙여서 끈으로 대충 묶어놨지만 수레가 흔들리는 통에 머리가 목에서 조금 어긋난 모습이 돼버렸다.

그런 모습이라서 누가 본다면 그가 목이 잘라져서 죽었다는 사실을 즉시 알 수 있을 것이다.

반면에 살아 있는 제일 혈명살수는 죽은 제이 혈명살수 옆에 나란히 누워 있으며 왼쪽 어깨의 상처가 잘 치료된 모습이다.

그러나 옆에 있는 동료와 마찬가지로 벌거벗은 상태에서 사지가 밧줄에 묶여 있다.

마혈이 제압된 상태지만 그래도 수레에서 떨어지지 않도록 묶어놓은 것이다.

덜그럭… 펄럭… 펄럭…….

수레바퀴가 구르는 소리보다 수레 뒤쪽에 꽂혀 있는 긴 장대의 꼭대기에서 펄럭이고 있는 커다란 천 조각이 불어오는 바람에 울어대는 소리가 더 컸다.

거기에는 '여기 있는 두 명의 혈명단 살수를 아는 사람을 찾습니다' 라고 큰 글씨로 적혀 있었다.

화용군이 일부러 수레 뒤쪽 높은 곳에서 펄럭이도록 큰 천에 큰 글씨로 써놨기 때문에 제일 혈명살수의 눈에도 아주 잘 보였다.

"어… 어디로 가고 있는 게냐?"

"제남 성내 한복판으로 갈 것이다. 그래서 널 알아보는 사람이 나올 때까지 성내를 돌아다닐 것이다."

제일 혈명살수의 물음에 수레를 몰고 있는 화용군이 비로소 대답했다.

"거… 거길 왜 가느냐?"

제일 혈명살수는 자신이 벌거벗은 몸으로 수레에 누워서 수많은 사람에게 구경거리가 될 것이라는 예상을 하면서 입술이 새파래졌다.

더구나 저기에서 펄럭이는 깃발은 그가 누구인지 만천하에 공개할 것이다.

그러므로 이대로 성내에 들어간다면 이것은 제일 혈명살수 개인이 아니라 혈명단 전체의 수치다.

그때 수레가 멈추더니 화용군이 제일 혈명살수 옆으로 와서 목과 턱의 혈도를 가볍게 누르고는 음산한 눈빛으로 굽어보며 친절한 목소리로 말했다.

"오래 살아야지."

아혈마저 제압된 제일 혈명살수는 혀를 깨물고 자결을 할 수도 없는 입장이 되었다.

덜그럭… 덜그럭…….

대명호를 떠난 수레가 잠시 후에 드디어 제남 성내로 들어서서 천천히 굴러갔다.

이제 겨우 대로를 백여 장 남짓 행진했을 뿐인데 수레 주변에는 사람들이 구름처럼 모여들었다.

수레에 누워 있는 제일 혈명살수는 말은 못하지만 몰려든 수백 명의 성민이 떠드는 말소리들을 너무도 생생하게 들을 수 있었다.

여자들은 찢어지는 비명 소리를 질렀고, 남자들은 박장대소를 터뜨렸으며, 아이들은 함성을 지르면서 수레 뒤를 뒤쫓아 다녔다.

제일 혈명살수는 수레가 대명호를 벗어나기 전까지만 해도 벌거벗고 사람들에게 내보이는 것쯤이야 이를 악물고 견딜 수 있을 것이라고 예상했었다.

하지만 막상 닥치고 보니까 그의 예상은 철저하게 빗나갔다. 이것은 제정신을 지닌 사람이 당할 짓이 아니다. 이것은 죽음보다 더한 치욕이다.

그는 처절한 수치심을 견디지 못하여 몸을 부들부들 떨었다. 지금이라도 화용군이 궁금한 것을 묻는다면 알고 있는 것을 모두 다 대답해 줄 것이라고 생각했다.

그런데 일은 전혀 엉뚱한 곳에서 터졌다.

"어어? 자네 홍문범(洪文範) 아닌가?"

그 소리에 제일 혈명살수의 눈이 커졌다. 혈명단에 들어가기 전 그의 본명이 홍문범이기 때문이다.

그런데 누군가 그의 본명을 불렀다. 그것은 누군가 그를 알아봤다는 뜻이다.

화용군은 수레를 멈추고 돌아앉았다. 족히 백여 명 이상 몰려든 구경꾼 중에서 수레 가까이 세 명의 검을 멘 무사가 서서 제일 혈명살수를 쳐다보고 있는데 그 가운데 한 명이 놀라서 계속 소리쳤다.

"나야! 나! 같이 동문수학했었던 곽림(郭琳)일세! 날 몰라보겠나?"

화용군이 일어나서 굽어보자 제일 혈명살수는 눈을 찢어질 듯이 부릅뜨고 곽림이라는 무사를 쳐다보고 있었다. 그로 미루어 곽림의 말은 사실인 것 같았다. 제일 혈명살수는 비로소 수치심의 극에 도달했다.

화용군은 뜻밖의 수확을 고맙게 받아들였다. 그는 곽림을 보며 탁한 목소리로 물었다.

"자네도 혈명단의 살수인가?"

"에? 뭐, 뭐요?"

방갓을 깊숙이 쓰고 있는 화용군은 턱과 입만 보였고 목소리는 중늙은이의 그것이다.

곽림은 후다닥 놀라면서 수레에 꽂힌 채 펄럭이는 깃발을 올려다보다가 안색이 급변했다.

"흐익?"

펄럭……

화용군은 옆에 말아두었던 이불을 펼쳐서 제일, 제이 혈명살수의 몸을 덮어주고는 곽림에게 말했다.

"따라오게."

곽림은 화용군을 따라갈 수밖에 없었다. 처음에는 도망치려고 했지만 십여 장도 가지 못해서 화용군에게 따라잡혔으며, 반항했지만 일 초식 만에 무릎을 꿇고 말았다.

하지만 화용군은 그의 혈도를 제압하지는 않았다. 그리고 근처의 주루로 데려갔다.

주루 앞마당에 세워놓은 수레에는 이불로 머리끝에서 발끝까지 덮인 제일, 제이 혈명살수가 있지만 행인들은 아무도 눈여겨서 보지 않았다.

"저… 정말 홍문범이 혈명단 살수입니까?"

주문한 요리와 술이 나오기도 전에 곽림은 창밖 수레에 시선을 고정시킨 채 떨리는 목소리로 물었다.

방갓을 벗지 않은 화용군은 고개를 가볍게 끄떡이고 나서 말했다.

"홍문범에 대해서 말해보게."

겨울밤 잠결에 듣게 되는 먼 곳의 삭풍 같은 목소리에 곽림은 부지중 후드득 몸을 떨었다.

그러면서 저 방갓 안에 과연 어떤 괴기한 모습이 감춰져 있을지 제 나름대로 상상하고는 마른침을 꼴깍 삼키면서 화용군이 방갓을 벗지 않은 것이 얼마나 다행인지 모르겠다고 생각했다.

"무… 엇을 말입니까?"

"모두 다."

화용군의 목소리는 누나가 죽고 나서 닷새 동안 물 한 모금 마시지 않은 직후에 지금처럼 변했다.

"저와 그는… 백학무숙 동기(同期)입니다."

"백학무숙?"

곽림의 첫 말은 화용군으로서도 충격이었다. 설마 혈명단 살수인 홍문범이 백학무숙 출신일 줄은 전혀 예상하지 못했던 일이다.

"구 년 전, 홍문범은 그 당시 같이 수련하던 육백여 명의 동기 중에서 단연 선두였습니다. 그래서 여러 방파와 문파들, 심지어 관(官)에서까지 그가 수료하기만 하면 서로 데려가려고 경쟁을 벌였었습니다."

그때 요리가 나오자 화용군은 서두르지 않고 그에게 손짓으로 먹고 마시기를 권했다.

곽림은 조심스럽게 먼저 화용군의 잔에 술을 가득 따르고는 자신의 잔을 채우고 나서 단숨에 마셨다.

마치 독에 중독된 사람이 해독약을 마셔서 빨리 해독되려는 사람 같은 행동이다.

"그랬던 그가 수료하자마자 감쪽같이 사라져서 다들 궁금하게 여겼었는데 설마 혈명단 살수가 되어 나타날 줄은 꿈에도 몰랐습니다."

곽림은 한 잔을 더 마시고 나서 어느 정도 흥분이 가라앉은 듯한 얼굴로 물었다.

"그런데 홍문범이 혈명단 살수라는 게 정말입니까?"

그로서는 정말로 믿어지지 않는 모양이다.

"그런 자들이 더러 있나?"

"뭐… 가 말입니까?"

"갑자기 사라진 자들 말이야."

"백학무숙에 말입니까?"

화용군이 고개를 끄떡이는 것을 보고 나서 곽림은 잠시 생각하다가 대답했다.

"그러고 보니까 갑자기 증발한 것처럼 사라진 선배가 몇 명 있었습니다."

곽림은 손가락을 꼽으면서 하나씩 이름을 나열하더니 무엇을 깨달았는지 스스로 깜짝 놀랐다.

"백학무숙에서 갑자기 사라진 선배 중에서 내가 알고 있는 사람만 여섯 명인데 이제 생각해 보니까 매년 해마다 사라진 것 같습니다."

화용군은 술잔을 만지작거렸다.

"그리고 그렇게 사라진 선배들이 하나같이 그 해 동기 중에서 최고의 발군(拔群)이었습니다."

여기까지 듣고 나서 가장 먼저 떠오르는 추측은 혈명단이 우수한 인재, 즉 살수를 백학무숙에서 조달받고 있었다는 사실이다.

화용군은 곽림을 쳐다보았다. 삼십오륙 세 정도의 나이에 넙데데한 얼굴, 까칠한 수염이 코밑과 입가에 무성했으며 뭉툭한 코와 부리부리한 눈을 지녔다.

화용군은 관상을 볼 줄은 모르지만 이런 얼굴을 가진 사람이 우직하고 직설적이며 순진하다는 것을 잘 알고 있다. 곽림은 죽은 사형 진무곤을 많이 닮았다.

"자넨 뭐하는 사람인가?"

정곡을 찔린 듯 곽림은 금세 기가 팍 죽었다.

"현재는… 놀고 있습니다."

제일 혈명살수 홍문범은 체념한 듯 자신이 알고 있는 모든 것을 순순히 털어놓았다.

계속 함구하다가는 또다시 벌거벗은 몸으로 수레에 태워져서 제남 성내의 구경거리로 전락하고 말 테니까 더 이상 버티지 못했다.

더욱 결정적인 것은 백학무숙의 동기인 곽림이 그를 알아봤다는 사실이다.

홍문범은 곽림보다 더 놀라운 사실을 털어놓았다.

혈명단은 하나의 총단(總團)과 열세 곳의 지단(支團)으로 이루어져 있으며, 총단은 하남성 낙양(洛陽)에, 열세 개의 지단은 남칠성북육성(南七省北六省) 열세 개의 성(省)의 중심인 성도(省都)에 있다.

홍문범은 안휘성(安徽省)의 성도인 합비(合肥)의 지단에 속해 있으며, 합비지단에는 도합 팔십여 명의 살수가 포진해 있다.

그런데 합비지단 살수 팔십여 명은 하나같이 제남 대명제관의 유수한 몇몇 무도관에서 은밀하게 선출되었다.

그런 식으로 천하도처에서 혈명살수 후보로 뽑힌 인재들은 동해(東海) 망망대해에 있는 어떤 섬에서 일 년 동안 살수 수업을 받은 후에 각 지단에 배치된다.

혈명단 합비지단에는 백학무숙 출신이 삼십여 명으로 제일 많고, 그다음이 은성검도관(銀星劍道館), 무극관(無極館) 순서이다.

은성검도관은 대명제관의 이 위 규모와 세력이고 무극관은 삼 위의 무도관이다.

합비지단 팔십여 명은 모두 대명제관 서른네 곳 중에서 다섯 개 무도관에서 선출되었다고 한다. 다른 무도관은 없으며 늘 그 다섯 무도관에서만 가장 뛰어난 인재를 뽑아온다는 것이다.

그리고 항상 표적이 살고 있는 곳과는 다른 지역 지단에서 혈명살수를 파견한다고 한다.

즉, 죽여야 할 표적이 산동성 제남에 살고 있다면, 산동성 북쪽의 하남성 북경이나 서쪽의 안휘성 합비, 남쪽인 강소성 남경 등 인접한 지단에서 살수를 파견하는 식이다.

그 방식이 번거롭기는 해도 흔적을 남기지 않고 꼬리를 밟히지 않는 데는 최고라는 것이다.

그렇지만 화용군이 가장 알고 싶어 하는 것, 구주무관을 몰살시켜 달라고 청부한 사람이 누구인지에 대해서 홍문범은 아무것도 모르고 있었다.

다만 구주무관 백팔 명을 몰살하는 청부라면 살수가 최소 백 명에서 최대 백오십 명까지 필요하기 때문에, 그 정도 살수를 보유하고 있는 곳은 낙양총단과 북경지단, 항주지단, 무창지단(武昌支團) 네 곳 정도라는 것이다.

제20장

━━━━

천재와 광인

구주무관에서 제일 경치가 좋은 곳이 동쪽이다. 그곳에는 한 채의 아담한 별채가 자리를 잡고 있으며, 그 앞쪽에는 담이 없는 대신 넓은 풀밭이 펼쳐졌고, 그 끝에 낭떠러지가 있다. 낭떠러지 아래는 드넓은 대명호다.

나운향과 두 자식은 화용군으로부터 앞으로 이 별채에서 살라는 배려를 받았다.

구주무관과 별채 사이에는 높은 담이 쳐져 있어서 구주무관 쪽에서 보면 담 너머에 아무것도 없는 것 같다.

별채는 단층이며 주방과 창고, 세 개의 침실과 거실, 목욕실, 서가 등이 고루 갖춰져 있기 때문에 따로 독립된 생활이 가능하다.

이 땅에는 황제가 있고 하늘에는 옥황상제가 있다지만, 나운향 가족에겐 화용군이 황제이고 옥황상제다.

동이 트기 전부터 정성껏 밥과 요리를 준비한 나운향은 아들과 딸에게 아침상을 차려주기 전에 먼저 쟁반에 밥과 요리를 담아 화수혜의 봉분으로 갔다.

달그락…….

그녀는 봉분 앞 제단에 두 사람 분의 밥을 정갈하게 차렸다. 비록 화용군이 이곳에 없어도 그를 모시는 마음으로 그의 밥까지 차린 것이다.

그녀는 마치 이 자리에 화용군이 있는 듯 그의 자리를 향해 공손히 허리를 굽혀 인사를 하고 이어서 봉분을 향해서도 예를 취한 다음 이제부터 아이들에게 밥을 차려주기 위해서 몸을 돌렸다.

"아……."

그런데 그녀는 다섯 걸음쯤 떨어진 곳에 건장한 체구의 무사 한 명이 우뚝 서서 자신을 바라보고 있는 것을 발견하고 화들짝 놀랐다.

무사는 나운향이 무서워할까 봐 급히 정중한 태도를 취하면서 다가오며 물었다.

"나운향 태태(太太:마님)이십니까?"

나운향은 화들짝 놀라서 뒤로 두 걸음 물러났다. 이름은 자신이 맞는데 평생 한 번도 들어본 적이 없는 태태라니 온몸에 소름까지 끼쳤다.

"아닙니까?"

무사가 다시 정중하게 묻자 나운향은 마지못해 고개를 끄떡였다.

"이름은 나운향이 맞습니다만……."

"아! 저는 오늘부터 태태와 자제분들을 호위할 곽림이라는 사람입니다."

"저… 저는……."

영문을 몰라서 당황하는 나운향을 보며 곽림이 애써 부드러운 미소를 지었다.

"이곳 주인이신 강호 사범, 아니, 대인께서 저를 호위무사로 고용하셨습니다."

"그… 러셨군요."

나운향은 비로소 안도의 표정을 지었다. 그렇지 않아도 화용군이 먼 곳에 오랫동안 다녀와야겠다고 말했을 때 이 큰 무도관에 자신들 가족만 살게 된 것이 너무나 무서웠는데 그가 호위무사까지 배려해 주었으니 그저 감사에 감사를 더할 따름이다.

더구나 화용군이 보낸 사람이라면 아무 걱정하지 않고 믿어도 될 터이다.

*　　　*　　　*

화용군은 이제 필요 없게 된 홍문범을 놓아주었다. 홍문범은 부상을 당했으나 죽을 정도로 심하지는 않다. 그가 혈명단 합비지단으로 돌아가거나 아니면 다른 곳으로 가더라도 그건 그가 알아서 할 일이다.

화용군은 이제부터 자신이 해야 할 일의 순서를 정했다.

처음에 백학무숙의 총관(總管) 감도능(坎都凌)을 만나고, 두 번째로 일홍각에 찾아갈 것이고, 마지막으로 혈명단 북경지단으로 갈 계획이다.

셋 다 목적은 하나다. 혈명단이 구주무관을 몰살한 것이 누구의 청부였는지를 알아내려는 것이다.

백학무숙에 대한 대략적인 정보는 곽림을 통해서 자세히 알게 되었다.

곽림은 백학무숙 출신이지만 백학무숙이 행한 어떤 공정하지 못한 일의 피해자가 되는 바람에 백학무숙에 대한 인식이 매우 나빠졌다.

그래서 화용군에게 백학무숙에 대한 정보를 말해주는 것
에 대해서 추호도 가책을 느끼지 못했다.

곽림에게 백학무숙에 대한 여러 가지 정보를 듣고 나서 화
용군은 첫 번째 표적을 정한 것이다.

백학무숙 대사부이며 총관주인 백학선우의 조카이며 총관
의 직책을 맡고 있는 감도능이라는 자를 제압해서 알고자 하
는 것에 대해서 심문하려는 것이다.

화용군은 저녁 유시(酉時:6시경)에 백학무숙에서 정확하게
하반(下班:퇴근)을 하여 마차를 타고 나온 감도능의 뒤를 멀찍
이 미행했다.

오늘 낮에 발품을 팔아서 감도능에 대해서 이것저것 알아
낸 것들을 머릿속에서 정리하면서 구불구불한 거리를 천천히
걸어갔다.

그런데 대명호를 벗어난 감도능의 마차가 방향을 틀어 황
하 쪽으로 향했다.

제남 북쪽에는 황하가 서쪽에서 동쪽으로 흘러가고 있으
며 그 강변에 저 유명한 '황하유가(黃河遊街)', 즉 기루 거리
가 위치해 있다.

대명호에서 북쪽으로 뻗은 대로를 따라서 간다면 두 가지
목적밖에 없다.

하나는 황하유가에 가는 것이고, 다른 하나는 포구에 가는 것일 게다.

하지만 추측하건대 감도능이 포구에 볼일이 있어서 갈 일은 없을 것 같다.

북쪽으로 뻗은 대로가 두 갈래로 갈라지는 곳에 이르렀을 때 화용군은 감도능이 탄 마차가 왼쪽으로 가기를 마음속으로 빌었다.

왼쪽 길은 포구행이고 오른쪽 길은 황하유가로 가는 길이기 때문이다.

황하유가에는 화용군이 죽어서도 잊지 못할 뼈아픈 기억이 생생하게 새겨져 있다.

그곳 소작루라는 기루에서 누나 화수혜가 몸을 팔았으며, 그러다가 남동생을 만나서 기쁘게 해후는 하지 못할망정 스스로 강물에 몸을 던져 죽어야만 했던 두 번 다시 돌이켜서 생각하고 싶지 않은 기억이 파묻혀 있는 곳이다.

그렇지만 감도능의 마차는 무심하게 오른쪽 길로 가고 있다. 하루의 일과를 마치고 하반을 한 그가 포구에 갈 일은 없을 터이다.

화용군은 그 자리에 멈춰서 점점 멀어지는 마차를 응시하며 일그러진 얼굴로 갈등에 빠졌다.

미행을 포기할 것인가 아니면 계속할 것인가. 그러나 만약 감도능이 황하유가의 기루에 가는 것이라면 이보다 더 좋은 기회는 흔하지 않을 터이다.

기루에서 술을 마시고 있는 그를 제압하여 심문하면 될 것이기 때문이다.

이미 시야에서 사라진 마차가 간 방향을 쏘아보는 화용군의 두 눈에 고뇌의 빛이 역력하다.

그러나 그 순간 그는 뭔가를 깨달았다. 황하유가에 가는 것이 이토록 괴로운 일이라면 반드시 가야 한다는 새로운 사실을 말이다.

누나를 죽인 그는 앞으로 자신에게 끊임없이 괴로운 일만 생겨야 한다는 사실을 방금 깨달았다.

그는 행복할 자격이 없다. 웃을 일도 없으며 세상의 모든 사람들이 누리고 있는 좋은 것 중에서 가장 하찮은 것마저도 누려서는 안 된다.

그에게는 오로지 괴로움과 고통만 뼈가 부러지고 정신이 망가지도록 쌓이고 쌓여야만 한다.

그러므로 감도능이 황하유가가 아니라 소작루에 간다고 해도 괴로움을 꾹꾹 가슴속에 쑤셔 박으면서 기필코 미행해야만 하는 것이다.

'가자.'

천근만근 무겁기만 한 화용군의 발걸음이 이윽고 황하유가의 어느 곳에서 멈췄다.

'빌어먹을…….'

그러나 그는 감도능의 마차가 멈춘 기루를 보면서, 아니, 그 옆의 기루를 보며 얼굴을 일그러뜨렸다.

감도능이 들어간 기루는 칠 층 규모의 거대한 탑 같은 누각인데, 그 옆 오른편에 눈에 익은 오 층 기루에 그의 시선이 머물러 움직이지 않았다.

그는 오 층을 올려다보았다. 누나가 스스로 강물에 몸을 던진 오 층 창은 거리 쪽이 아닌 강 쪽이라서 이곳에서는 보이지 않았다.

그렇다. 감도능이 그를 이끈 곳은 소작루였다. 감도능은 소작루 옆의 기루로 들어갔으나 바로 옆에 있는 소작루가 화용군 눈에 띄지 않을 리가 없다.

소작루를 바라보고 있는 화용군은 그곳에서 누나가 환하게 웃으면서 이리 오라고 손짓을 하는 것 같아서 괴롭기 짝이 없었다.

그러더니 곧 누나가 알몸이 되어 색녀 같은 표정을 짓고 몸을 꿈틀거리면서 절정으로 치달으며 숨을 헐떡거리는 모습으로 변했다.

'나 기녀 생활을 꽤 오래했는데 쾌감을 느끼기는 이번이 처음 이에요.'

　누나가 요염하게 눈웃음을 치면서 화용군의 온몸에 칭칭 감겨왔다.

　"흐으으… 저리 가라…….."

　그는 숨이 끊어질 것처럼 괴로워하며 비틀거렸다.

　그때 지나가던 무사 한 명이 그를 부축하면서 친절하게 물었다.

　"괜찮소?"

　퍽!

　"꺼져라! 이 새끼!"

　"허윽!"

　그러나 화용군은 눈에서 시퍼런 안광을 뿜으면서 무사의 복부를 냅다 걷어찼다.

　무사는 비명을 지르며 일 장 이상 날아갔다가 길바닥에 내동댕이쳐졌다.

　"이 미친놈이!"

　"친절을 횡포로 갚는 놈이로구나!"

　무사의 동료 두 명이 벌컥 화를 내며 화용군에게 덤벼들려다가 그의 눈에서 뿜어지는 시퍼런 안광과 온몸에서 으스스한 기운이 풍기는 것을 보고 흠칫 뒤로 물러났다가 쓰러진 무사를 부축하고 슬금슬금 도망쳤다.

"조금 전에 들어온 사람은 어디에 있나?"

감도능이 들어간 기루로 뒤따라 들어선 화용군은 자신을 안내하려고 다가오는 중년의 살집 좋은 보모(鴇母:포주)에게 물었다.

"아⋯⋯."

보모는 잘생긴 청년에게 미소를 지으며 다가왔다가 그에게서 섬뜩한 기운과 소름 끼치는 눈빛을 접하고는 움찔 뒤로 물러섰다.

화용군은 자신과 하등의 연관도 없는 하찮은 보모에게까지 자신의 쓸데없는 기도가 내보여지는 것이 싫어서 애써 표정을 풀고 희미한 미소를 지으며 보모의 손에 넌지시 은자 한 냥을 쥐어주었다.

"그 사람이 어디에 있는지 알 수 있겠소?"

화용군이 표정을 풀고 미소를 지었다고는 하지만 방금 전의 그 모습에 비하면 거기에서 거기다. 호박에 줄을 긋는다고 수박이 되겠는가.

그렇지만 보모는 자신의 손에 쥐어진 은자를 확인하고는 오싹함이나 소름 끼침을 충분히 극복할 수 있었다.

"감 대인 말씀이군요?"

"그렇소."

"그런데 무슨 일로……."

슥—

"감 대인께 꼭 부탁드릴 일이 있어서 그러오."

화용군은 다시 한 냥의 은자를 보모의 손에 쥐어주었다.

감도능은 제남에서도 가장 유명하고 세력이 큰 백학무숙의 총관이다.

그러므로 그에게 청탁을 하려는 사람이 부지기수일 터이니 보모는 화용군을 그런 사람으로 봤다.

"알았어요."

화용군은 보모가 안내한 육 층의 어느 방으로 들어섰다.

"잠깐 앉아서 기다리세요. 본 각에서 제일 예쁜 아이를 데려오겠어요."

보모는 그를 창 쪽 탁자로 이끌고는 친절하게도 의자까지 빼주었다.

화용군은 활짝 열린 창을 통해서 창 아래의 강물을 발견하고는 몸을 돌리며 보모를 불렀다.

"내이(아줌마)."

"호호… 잠깐 기다리세요. 기회를 봐서 감 대인께 상공을 소개시켜 드릴게요."

보모는 그가 채근하는 줄 알고 퉁퉁한 몸을 꼬면서 교태를 부리며 손끝으로 그의 어깨를 살짝 쳤다.

창 가까이에는 절대로 가고 싶지 않은 화용군은 방 한가운데 우두커니 서서 공력을 끌어 올려 청력을 돋우어 옆방의 기척을 살폈다.

그런데 옆방에서는 뜻밖에도 남녀의 목소리가 조곤조곤 들려왔다.

감도능은 화용군보다 조금 일찍 들어왔을 뿐인데 벌써 기녀가 온 것인지 둘의 대화 소리가 꽤나 정겹게 들렸다.

그런데 그들의 대화를 잠시 들어보던 화용군은 감도능이 여자에게 매우 공손하다는 사실을 깨닫고는 미간을 슬쩍 찌푸렸다.

"지단주(支團主), 이번 달에는……."

감도능이 뭐라고 말하는 소리가 화용군의 귀에 똑똑하게 전해졌다.

그런데 '지단주' 라는 호칭 때문에 그 뒤로는 무슨 말을 했는지 알아듣지 못했다.

아니, 그렇다고 해도 별 상관이 없다. 중요한 것은 '지단주' 라는 말이다.

그 순간 화용군의 머리에 제일 먼저 떠오른 것은 혈명단이 천하 남칠성북육성에 보유하고 있다는 열세 곳의 혈명단 지단이다.

화용군은 그들의 다음 말을 듣기 위해 잔뜩 귀를 기울였다.

잠시 후 그는 두 사람의 대화에서 옆방에 있는 여자가 혈명단 제남지단주가 틀림없다고 확신했다.

감도능이 그녀를 '지단주' 혹은 '제남지단주'라고 여러 번 칭했기 때문이다.

백학무숙 총관 감도능을 제압해서 심문을 하려고 미행했는데 뜻밖에 대어(大魚)가 걸려들었다.

두 사람이 나누는 대화의 내용은 이번에 백학무숙을 비롯한 대명제관에서 뽑을 혈명살수 후보에 대한 것이다.

대화중에서 화용군은 백학무숙과 은성검도관, 무극관 등 대명제관의 다섯 군데가 매년 혈명단에 살수 후보들을 조달했다는 사실을 확인했다.

또한 제남지단주인 여자는 감도능에게 총단에서 더 많은 살수 후보를 요구하니까 되도록 더 많이 선출하여 보내라고 거의 명령조로 말했다.

그러니까 감도능은 그렇게 하면 후보들 실력의 질(質)이 떨어질 수밖에 없다고 우는소리를 했고, 제남지단주는 '그렇다면 대명제관의 다른 무도관에서 더 많이 뽑도록 하라'고 명령했다.

"백부께 말씀 전하겠습니다."

"선우를 일간 내게 보내라."

대답하기가 곤란한 감도능이 백부 백학선우에게 말하겠다면서 한발 물러나니까 제남지단주는 마치 하인을 부리듯이 선우, 즉 백학선우를 조만간 보내라고 명령했다.

"알겠습니다."

감도능이 크게 한풀 꺾인 목소리로 대답하자마자 화용군이 있는 방의 문이 열리고 조금 전에 나갔던 보모가 한 명의 기녀를 데리고 들어왔다.

그리고 그녀들 뒤로는 술과 요리가 담긴 쟁반을 든 하녀들이 줄지어 들어서고 있었다.

"오래 기다리셨지요?"

"어머나! 정말 잘생긴 상공이시다!"

보모와 기녀가 한꺼번에 떠들어대자 옆방의 대화가 갑자기 뚝 끊어졌다.

이쪽에서 옆방의 대화가 잘 들리는 만큼 저쪽에서도 이 방의 말소리가 잘 들린다는 뜻이다.

이럴 때 보통의 사내라면 어떻게 반응을 할 것인지 화용군의 머리가 빠르게 회전하다가 짐짓 기녀를 보고 껄껄 웃으며 농을 했다.

"하하하! 정말 예쁜 계집을 데려왔군. 넌 이름이 뭐냐?"

"백봉유(白峰乳)예요."

기녀가 화용군을 살짝 밀어서 의자에 앉히고는 자신은 그의 무릎에 앉아서 두 팔로 그의 목을 휘감고 젖가슴으로 얼굴을 문질렀다.

"상공, 그 아이 이름이 왜 백봉유겠어요? 이 아이가 우리 일홍각 기녀 중에서 가장 큰 젖퉁이랍니다! 한번 만져 보세요. 정말 크고 탐스러워요. 호호홋!"

필경 기녀의 본명은 아닐 것이다. 그렇지만 그의 얼굴에 밀착하여 짓뭉개고 있는 젖가슴은 보모의 말이 아니더라도 정말 크고 탐스러웠다.

'일홍각?'

보모의 말 중에서 그의 신경을 건드리는 한마디가 있었다. 이곳이 일홍각이라는 것이다.

방방은 혈명단에 살인 청부를 하려면 제남에서는 일홍각에서 해야 한다고 말했었다.

그리고 화용군을 죽이라는 살인 청부도 실제 방방이 일홍각에 했다.

화용군은 누나가 있었던 소작루 때문에 정신이 하나도 없는 상황에 감도능을 뒤따라서 뛰어들었는데, 실상 이곳이 일홍각이라는 것이다.

"으으……."

그러나 그때 화용군의 악다문 이빨 사이로 견디기 어려운 고통의 신음 소리가 새어 나왔다.

그는 자신의 얼굴에 젖가슴을 문지르는 여자가 백봉유라는 기녀가 아닌 누나라는 착각이 들었다.

누나가 그에게 끈적하게 안겨들면서 처음 쾌감을 느꼈다고 흥분된 어조로 말하는 것 같아서 피가 거꾸로 치솟았다.

화용군은 잠깐 정신을 잃어버렸다. 혼절을 한 것이 아니라 이성을 잃은 것이다.

그가 제정신을 차렸을 때 그의 무릎에 안겨서 크고 뽀얀 젖퉁이를 자랑하던 기녀 백봉유는 목이 부러진 채 바닥에 쓰러져 있고 그는 보모를 바닥에 쓰러뜨려놓고는 그녀의 얼굴에 주먹질을 가하고 있는 중이었다.

퍽퍽퍽!

보모는 이미 숨이 끊어졌다. 얼굴이 박살 난 사람은 더 이상 숨을 쉴 수가 없다.

그런데도 화용군은 짓이겨진 보모의 얼굴 부위라고 추측되는 부위를 계속해서 때리고 있었다.

"무슨 일이냐?"

"웬 놈이냐?"

바로 그때 문이 왈칵 열리며 실내로 일남일녀가 쏜살같이 뛰어들었다.

화용군은 보모를 때리던 주먹을 멈추고 핏발이 곤두선 눈으로 일남일녀를 쳐다보았다.

남자는 사십 대 중반의 뚱뚱한 체구를 지닌 감도능이다. 그렇다면 나란히 뛰어 들어오고 있는 홍의 여인은 제남지단주일 것이다.

일남일녀는 실내에서 벌어진 처참한 광경을 보고는 웬 미친놈이 기녀와 보모를 죽였다는 사실을 간파했다.

하지만 그가 술 처먹으러 와서는 개망나니 짓을 저지르고 있는 무뢰한(無賴漢)이라고만 생각했지 혈명단에서 죽이려고 하는 구주강호암살사건의 장본인일 줄은 꿈에도 생각하지 못했다.

일남일녀, 즉 제남지단주와 감도능은 제각기 한가락씩 하는 인물들이므로 동시에 화용군에게 달려들었다.

"네 이놈!"

천재와 광인(狂人) 사이를 넘나들고 있는 이 잘생긴 청년, 아니, 소년의 지금 상태는 천재다. 방금 전에는 광인이었으나 지금은 천재로 돌아왔다.

그는 지금이야말로 제남지단주와 감도능을 제압할 수 있는 절호의 기회라고 판단했다.

그는 추호도 반격할 것 같지 않은 멍한 표정으로―어쩌면

무서운 표정을 지었는지도 모른다—제남지단주와 감도능이 쇄
도하는 것을 바라보았다.

그러고는 두 사람이 반 장 안으로 쇄도해 들어오자 양팔을
동시에 휘둘러 야차도와 검을 뿜어냈다.

쉐앵! 키이잉!

야차도 고리에 매달린 백자명령이 신명나게 울어대고, 주
인이 가장 빠르게 휘둘러 줄 때만 콧소리를 낸다는 검이 코까
지 풀면서 허공을 갈랐다.

팍! 퍽!

"캑!"

"악!"

제남지단주와 감도능은 어쩌면 화용군보다 고강한 고수일
지도 모른다.

하지만 앞으로는 영원히 그것을 알 수 있는 방법이 사라져
버렸다.

감도능은 방금 즉사했고 제남지단주는 복부에 야차도가
꽂혀서 거꾸러졌기 때문이다.

"아아……."

탁자에 술과 요리를 차리던 세 명의 하녀는 공포에 질려서
도망가지도 못하고 그 자리에 털썩 주저앉거나 부들부들 떨
고 있다.

"너, 가서 문을 닫고 와라."

화용군은 방금 감도능의 목을 자르면서 검신에 조금 묻은 피를 그의 옷에 슥슥 문질러서 닦으며 하녀 한 명에게 명령했다.

하녀는 엎어질 것처럼 엉금엉금 기어가서 문을 닫고는 다시 엉금엉금 기어서 돌아와 두 명의 하녀 옆에 얌전하게 무릎을 꿇었다.

"으으… 네놈은 누구냐?"

야차도가 사타구니인지 아랫배인지 모를 부위에 깊숙이 꽂혀서 뒤로 벌렁 쓰러져 있는 제남지단주는 상체를 일으키려고 무던히 애를 쓰지만 뜻을 이루지 못하고 숨을 헐떡이며 물었다.

화용군은 으스스한 눈빛으로 그녀를 쳐다보았지만 아무 말도 하지 않고 옹송그린 채 모여 있는 세 명의 하녀를 보며 무심하게 말했다.

"끔찍한 일을 보지 않으려면 너희를 잠시 잠이 들었다가 깨어나도록 해줄 수 있다. 그러겠느냐?"

세 하녀는 무릎을 꿇은 채 얼굴이 새파랗게 질려서 바들바들 떨었다.

그녀 중에 그나마 영특한 한 명의 하녀가 와들와들 떨리는 목소리로 대답했다.

"그… 렇게 해주세요……."

눈앞의 살인마가 자신들을 죽이려면 충분히 그럴 수 있는데도 이렇게 친절하게 말을 하는 것은 자신들을 죽이려는 뜻이 없기 때문일 것이라고 짐작한 것이다.

화용군은 공포에 질려서 얼굴이 하얘진 채 눈물을 흘리는 세 하녀의 혼혈을 제압한 후에 제남지단주에게 다가가서 물끄러미 굽어보았다.

일신에 새빨간 비단옷에 긴 치마를 입은 이십 대 중반의 제남지단주는 매우 아름다운 미모의 소유자다. 지금은 고통 때문에 얼굴에서 비지땀을 흘리며 오만상을 쓰고 있지만, 만약 화사한 미소라도 짓는다면 뭇 사내가 정신을 차리지 못할 것이다.

"왜… 이런 짓을 하는 거죠?"

화용군이 세 하녀에게 친절을 베푸는 것을 본 제남지부주는 연약한 여자의 모습으로 돌아갔다. 그래야 할 것 같았기 때문이다.

"소녀는 일개 기루의 각주일 뿐이에요……. 소녀가 당신에게 잘못한 것이 있나요?"

"각주라고?"

"설마 당신은 소녀가 이곳 일홍각의 각주라는 사실도 모르셨나요?"

"그랬느냐?"

화용군은 건성으로 고개를 끄떡였다.

"으윽……."

제남지단주는 전력을 다해서 상체를 일으켜 두 손으로 바닥을 짚고는 자신의 복부를 내려다보다가 안색이 해쓱하게 변했다.

치마를 뚫고 들어간 어떤 무기의 손잡이 부위만 보이는데 그 끝의 고리에 매달려 있는 하얀 방울 하나가 피에 시뻘겋게 물들어 있다가 그녀의 몸이 흔들리자 사랑사랑… 낮은 소리를 냈다.

그녀는 자신의 하체에서 흐른 피가 바닥을 피바다로 만들고 있는 것을 보고 몸서리를 쳤다.

"으흐흐……."

이런 식으로 피를 흘린다면 그녀는 아마도 길어야 일각 이내에 과다 출혈로 죽고 말 것이다.

세상에서 가장 평등한 것이 죽음이라고 했다. 죽음은 빈부(貧富)를 가리지도 귀추(貴醜)를 따지지도 않고 누구에게나 고루 자비를 베푼다.

그리고 어느 누구라도 죽음 앞에서는 더할 수 없이 겸손해지는 법이다.

자신이 세속에서 누리고 있던 부귀영화나 권력이라도, 그리고 등에 지고 있던 업보나 무거운 짐이라고 해도 죽음 앞에서는 다 내려놓고 평등해진다.

제남지단주이며 일홍각주로서 제남에서는 세 손가락 안에 꼽히는 권력과 부를 누렸던 그녀라고 해도 죽음 앞에서는 저절로 고개를 숙였다.

지금 그녀의 생사를 한 손에 쥐고 있는 사람은 화용군이다. 그러므로 그녀에게 그는 생사신(生死神)이다. 혈명단주는 멀리에 있고 생사신은 바로 코앞에 있다.

"살려주세요……."

충성심도 자존심도 죽음 앞에서는 무릎을 꿇어야만 한다. 죽음이야말로 가장 강한 신(神)이다.

"구주무관을 몰살시키라고 청부한 것이 누구냐?"

"아아… 모릅니다……."

무림에 대해서, 그리고 생사의 각박한 순간에 대해서 많은 경험이 없는 화용군이지만 그 대신 풍부한 감성을 천부적으로 지니고 있다.

남들이 백 번 겪어야지만 터득할 수 있는 것을 그는 단 한 번만으로 완성할 수 있다.

그는 제남지단주가 죽음을 두려워하고 있으며, 살고 싶어서 허덕인다는 것과, 혈명단을 위해서 목숨을 바칠 정도의 충성심이 없다는 것을 간파했다.

그러므로 그녀가 죽음을 목전에 두고서도 모른다고 대답한다면 정말 모르는 것이다.

"구주무관을 몰살시킨 것이 어느 지단이냐?"

"북경지단입니다……."

그녀는 지금 이 순간에는 살려달라고 애원하는 것보다 화용군의 궁금증을 빨리 충족시켜 주는 쪽이 더 빠르다고 판단한 모양이다. 응구첩대(應口輒對), 그의 물음이 떨어지기 전에 즉답했다.

그녀는 화용군이 더 이상 묻지 않고 자신을 굽어보기만 하자 입술이 바싹바싹 마르면서 숨을 할딱거렸다.

화용군은 그녀의 처세가 마음에 들었다. 만약 살려달라고 애원했으면 모가지를 비틀어서 죽였을 것이지만, 살려달라는 말은 처음에만 한 번 하고 이후에는 묻는 대로 척척 대답을 잘해줘서 고마운 마음까지 들었다.

"한 가지를 약속하면 살려주겠다."

"하아아… 하아… 뭐든지……."

"내 수하가 되라."

제남지단주는 자신을 차디차게 굽어보는 화용군을 복잡한 표정으로 올려다보면서 아미를 잔뜩 찌푸리고 있다가 이윽고 상체를 앞으로 힘겹게 숙였다.

"으으… 소… 속하… 주군을 뵈… 옵니다……."

그녀는 몸이 그 지경이 되고서도 수하로서 주군에게 절을 하려는 것이다.

슥—

"아……."

화용군은 몸을 굽히며 그녀의 어깨를 잡고 뒤로 눕혔다.

찌이익—

발을 덮은 긴 치마를 찢어서 팽개치고 복부 아래에 자루만 남긴 채 꽂혀 있는 야차도를 살펴보았다.

치마를 찢은 이유는 야차도를 제대로 뽑기 위해서다. 아무렇게나 뽑았다가는 내장을 찢거나 다른 혈맥을 다치게 해서 피가 더 쏟아질 수도 있기 때문이다.

"끙……."

제남지단주는 양쪽 팔꿈치로 바닥을 딛고는 용을 쓰고 상체를 일으켜 자신의 상처를 바라보았다.

"무기를 뽑고 지혈만 해주십시오… 그러면 나머지는 속하가 알아서 하겠습니다……."

그녀는 헐떡이면서 간신히 더듬거렸다.

"알았다."

그런데 야차도가 꽂힌 부위가 치골(恥骨) 바로 위다. 이 상태라면 여자의 자궁이 다 파괴됐을 것이다.

한 움큼도 안 될 듯 가느다란 허리 아래 약간 도톰하게 언덕을 이룬 아랫배에 꽂혀 있는 야차도를 화용군은 조심스럽게 움켜잡았다.

슥—

"아닙니다… 뽑기 전에 지혈을… 혈도를 제압해야…….."

"어디냐?"

그는 대충 지혈하는 법은 알지만 아랫배의 상처를 지혈할 때 특히 여자의 경우에는 어떤 혈도를 눌러야 하는지 알지 못했다.

그녀는 의식은 또렷한데 입이 잘 열리지 않았다.

"…사부(舍府)… 충문(衝門)… 도환(跳環)… 부승(扶承)… 회음(會陰)… 염음(廉陰)… 학학학…….."

그녀는 가까스로 여섯 군데 혈도를 말해놓고 격렬하게 숨을 헐떡였다.

사부혈과 충문혈은 아랫배. 도환혈과 부승혈은 허벅지 가장 깊은 곳 음부 양쪽, 회음혈은 음부와 항문 사이, 염음혈은 회음혈에서 오른쪽 허벅지 쪽으로 한 치 떨어진 곳이다.

툭! 슥—

화용군은 아랫배의 혈도를 누른 후에 거침없이 제남지단주의 속곳을 뜯어내고 다리를 벌려 도환, 부승, 회음, 염음혈을 눌렀다.

제남지단주는 정신을 잃기 직전에 화용군의 말을 들었다.

"내가 돌아올 때까지 백학무숙과 백학선우에 대해서 다 알아내라."

＊   ＊   ＊

제남에서 구주무관의 강호 사범 본명이 화용군이라는 것은 널리 알려지지는 않았으나 누군가 알려고 파고든다면 모를 것도 없는 비밀 같지 않은 비밀이다.

나운향 가족이 살고 있는 별채의 앞마당에는 곽림이 옆구리와 입에서 피를 흘리면서 주저앉아 있으며, 그 뒤에는 나운향과 서동, 서진 두 아이가 무릎을 꿇은 채 바들바들 떨고 있다.

"정말 화용군이라는 자를 모른다는 말이냐?"

그들 앞에는 열 명의 경장 차림 무사가 서 있는데 그중 한 명이 꾸짖듯이 물었다.

방금 물은 무사가 조금 전에 불과 삼 초식 만에 곽림의 옆구리에 일검을 베고 패배시켰었다.

"모른다… 몇 번을 말해야 알아듣겠느냐?"

나운향 등을 보호해야 하는 곽림은 자신이 패했으며 여차

하면 모두 이자들에게 죽을 수도 있는 상황이기 때문에 극도로 예민해져 있다.

"어이, 여인네! 당신도 화용군을 모르는가?"

무사는 곽림 뒤에 무릎을 꿇은 채 그의 옷자락을 잡고 있는 나운향에게 물었다.

"모… 모릅니다……."

"그러니까 너희들의 주인이라는 자의 이름은 강호라는 말이지?"

"그렇습니다……."

"이거야……."

이들은 화용군을 찾으러 항주에서 여기까지 천 리 넘는 길을 북상한 남천문의 무사들이다.

어제부터 오늘까지 하루 반나절 동안 제남 성내 구석구석을 누비면서 화용군이란 이름과 연관이 되는 인물을 조사한 결과 화용군이 구주무관의 사범 중에 한 명이라는 그다지 신뢰하지 못할 정보를 입수했었다.

그래서 그 정보를 갖고 십여 군데 더 알아봤더니 그중 세 명이 화용군을 안다고 했는데, 그들 역시 화용군이 구주무관의 사범이라고 말했다.

그런데 그렇게 대답한 세 명 중에 두 명은 구주무관 몰살 때 화용군도 같이 죽었을 것이라고 덧붙였다.

그래서 이들 남천문 무사, 즉 남천무사들은 구주무관이 얼마 전에 몰살했다는 사실을 알게 되었다.

"그래서, 그 강호라는 자는 어디에 있는가?"

"모… 릅니다… 어딘가 멀리 다녀오시겠다면서……."

"이봐, 여인네. 너는 강호라는 자의 마누라인가?"

"입이 더럽구나!"

　곽림이 발끈하여 꾸짖자 돌아오는 것은 매몰찬 발길질이다.

　뻑!

"컥!"

　남천무사의 발끝이 가슴팍에 꽂히자 곽림의 상체가 뒤로 벌렁 젖혀지며 입에서 피화살이 뿜어졌다.

"아앗! 곽 무사!"

　나운향은 비명을 지르면서 자신에게 쓰러지는 곽림을 덥석 안았다.

"어이~ 어이~ 이게 무슨 행패들인가?"

　그런데 그때 남천무사들 오른쪽에서 누군가의 낭랑하면서도 걸쭉한 목소리가 들렸다.

　남천무사들이 움찔하며 재빨리 고개를 돌리자 구주무관에서 별채로 통하는 문으로 개방 삼결제자 방방이 갈지자로 느릿느릿 걸어오면서 혀를 찼다.

"쯧쯧쯧… 주인도 없는데 객들이 주인의 식솔을 함부로 핍박하면 곤란하지 않겠나?"

남천무사들은 방방이 개방의 삼결제자인 것을 알아보고 태도가 즉시 바뀌었다.

방방은 상대가 열 명이나 되지만 조금도 겁먹지 않았다. 이곳은 제남 한복판으로 자신의 안방이나 마찬가지이기 때문이다.

그런데 방방은 남천무사들을 가만히 살펴보다가 표정이 가볍게 변했다.

그들이 모두 황의 경장을 입었으며 왼쪽 가슴에 하나의 동그라미가 있고 그 안에 '南天'이라는 글씨가 수놓아져 있는 것을 발견했기 때문이다.

방방은 턱을 쳐들고 낮게 코웃음을 쳤다.

"오호라! 이제 보니 항주 남천문의 고수들께서 제남의 무도관을 발가락에 낀 때로 여기고 계셨구먼그래?"

"아, 아니, 그게 아니오. 소형제."

남천문은 다섯 색깔의 복장으로 무사들의 신분을 구분하는데 최고가 백의고 두 번째가 황의다.

백의와 황의를 남천고수(南天高手)라 하고, 그 아래 셋은 남천무사라 한다.

방방은 나운향이 곽림을 안고 뒤로 나자빠져 있는 모습을 보고 소스라치게 놀랐다.

"아, 아니. 제수씨! 이게 웬일입니까?"

"아아······."

나운향은 곽림을 부축해서 상체를 일으켜 앉았다.

"저자들이 그런 겁니까?"

방방은 남천고수들을 가리키며 콧김을 씨근거렸다.

"네······."

나운향은 졸지에 방방의 제수씨가 됐다.

"이런 씨부럴! 이 꼬라지를 보고 내가 가만히 있으면 나중에 강호 형을 어떻게 본다는 말인가?"

방방은 발로 쿵쿵 땅을 찍으면서 품속에서 뭉툭하고 검붉은 물체 하나를 꺼내 마개를 뽑는 시늉을 했다.

"본 방 제자들과 대명제관 서른세 개 무도관 사람들을 다 불러 모아야겠군!"

남천고수들은 안색이 급변하여 일제히 포권을 하고 굽실거리며 사과했다.

"우리가 무조건 잘못했소. 용서하시오."

"항주 사람들이 객지에 와서 뭘 잘 몰라서 실수를 했으니 소형제가 너그럽게 용서해 주시오."

방방은 턱을 쳐들면서 곽림과 나운향 등을 가리켰다.

"쿵! 사과를 받아야 할 사람은 내가 아니라 저들이오."

남천고수들은 곽림과 나운향에게 우르르 달려가서 그들을 일으키고 머리를 조아리며 사과하면서 전전긍긍했다.

한바탕 난리법석을 피운 후에 겨우 사태가 진정되자 남천고수들은 서둘러 떠나려고 하는데 방방이 불러 세웠다.

"여보슈, 그런데 화용군이라는 자는 왜 찾는 거요?"

남천고수들의 표정이 엄숙하게 변했다.

"남천문 소문주이시며 당금 황제의 친조카이신 주고후 승명왕자(承明王子)를 죽였소이다."

"게다가 화용군은 역적의 아들이므로 반드시 찾아내서 잡아들여야 하오."

방방은 고개를 끄떡였다.

"음, 그런 자는 반드시 잡아 죽여야 하오. 화용군을 발견하면 내가 반드시 당신들에게 알려주겠소."

*　　　*　　　*

화용군은 제남을 출발하여 닷새 만에 대명제국의 황도인 북경에 도착했다.

일홍각주이며 동시에 혈명단 제남지단주인 여인은 북경성내의 통천방(通天幇)이라는 곳이 혈명단 북경지단이라고 알려주었다.

하지만 화용군은 그녀를 믿지 않는다. 그녀가 사실을 말했을 수도 있지만, 그렇지 않을 경우에는 통천방은 함정일 수도 있다.

사실이든 함정이든 결국은 통천방에서부터 시작해야 할 것이다. 아는 곳이 거기뿐이니까.

『야차전기』 3권에 계속…

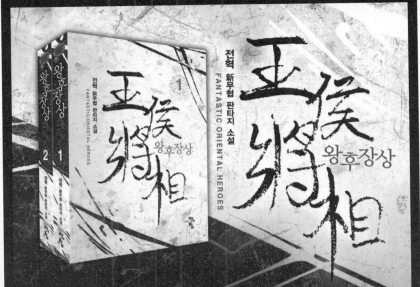

전혁 新武俠 판타지 소설
FANTASTIC ORIENTAL HEROES

『월풍』, 『신궁전설』의 작가 전혁이 전하는
유쾌, 상쾌, 통쾌 스토리, 『왕후장상』!

문서 위조계의 기린아 기무결.
사기 쳐서 잘 먹고 잘살던 그에게 날벼락이 떨어졌다.
바로 녹슨 칼에서 나온 오천만 냥짜리 보물지도!

기무결에게 내려진 숙제,
오천만 냥을 찾아라!

그러나 꼬인 행보 끝 도착한 곳은 동창의 감옥이었으니……

"으아악! 이게 뭐야!! 무림맹이 왜 여기 있는 거야!"

천하제일거부를 향한 기무결의
끝없는 도전이 시작된다!

Book Publishing CHUNGEORAM